Das Drachenlied

ECON Unterhaltung

Die Nibelungen:
Kai Meyer, **Der Rabengott** (TB 27410)
Alexander Nix, **Das Drachenlied** (TB 27411)
Jana Held, **Die Flammenfrau** (TB 27412)
Bernhard Hennen, **Das Nachtvolk** (TB 27413)
Jörg Kastner, **Das Runenschwert** (TB 27414)
Martin Eisele, **Der Feuerstern** (TB 27415)

Seit Urzeiten ist Alberich der Hüter des Nibelungenhortes, doch die Welt beginnt sich zu verändern. Siegfried, der grausame Xantener, ist auf den Plan getreten. Er hat nicht nur das Geschlecht der Nibelungen ausgerottet, er hat es auch vermocht, Alberich die magische Tarnkappe abzunehmen. Der Zwerg sinnt auf Rache. Doch dazu müßte auch er unverwundbar werden wie der Recke Siegfried.
Ein großer neuer Roman um einen Helden des weltberühmten Nibelungenliedes.

Alexander Nix ist das Pseudonym eines namhaften deutschen Autors. Mit einer Leichtigkeit, die an Tolkiens: *Der kleine Hobbit* erinnert, beschreibt er eine Episode, die nicht im Nibelungenlied steht: Wie Alberich der Zwerg den letzten Drachen sucht, um Siegfried zu besiegen.

Alexander Nix

Das Drachenlied

Roman

Der Romanzyklus »Die Nibelungen« entstand
nach einer Idee von Kai Meyer

Konzeption: Kai Meyer/Reinhard Rohn

ECON Taschenbuch Verlag

Veröffentlicht im ECON Taschenbuch Verlag
Originalausgabe

Umschlaggestaltung: Init GmbH, Bielefeld
Titelabbildung: Hassan Koçbay
Lektorat: Reinhard Rohn
Gesetzt aus der Goudy, Linotype
Satz: Josefine Urban KompetenzCenter, Düsseldorf
Druck und Bindearbeiten: Ebner Ulm
Printed in Germany
ISBN 3-612-27411-2

Kapitel 1

Es war der Tag des traditionellen Fußnägelrauchens, der erste Tag des Frühlings; doch in diesem Jahr würden die Pfeifen kalt und die Zehnägel unversehrt bleiben.

Zum ersten Mal seit Wochen roch die Luft nicht mehr nach Leichen. Das war eine prächtige Neuigkeit, fand Obbo, der Wirt des *Wolfswinkel*, eine wahrlich wunderbare Neuigkeit – wenn auch die einzig erfreuliche. In Jahrzehnten waren die Feierlichkeiten rund um das Fußnägelrauchen nicht abgesagt worden, doch diesmal war Obbo gar keine andere Wahl geblieben. Die meisten Teilnehmer lebten nicht mehr, ihre Körper waren verbrannt, ihre Asche bestattet.

Seit der Leichenqualm erstmals über den Fluß und die Wälder getrieben war, waren im Schankraum des *Wolfswinkel* viele Pfeifen mit starkem Kraut geraucht worden. Die Gäste hatten ihr Bestes getan, den Gestank zu vertreiben, hatten sich in Wolken ihres Pfeifenkrauts gehüllt, bis Obbo kaum mehr sehen konnte, wer Bier und wer Eier-im-Schmalz bestellte. Denn Eier-im-Schmalz waren Obbos Lieblingsspeise, die Spezialität seiner Küche – und, nebenbei bemerkt, das einzige Gericht, das im *Wolfswinkel* angeboten wurde.

Doch an jenem ersten Frühlingsmorgen war die Luft so klar wie schon lange nicht mehr, keine Spur mehr vom Odem der Totenfeuer, und Obbo hätte die Pracht seines Gartens, die Schönheit der Bäume und Sträucher und das reine Blau des Himmels gar nicht herrlicher empfinden können. Er zog seine lederne Schürze glatt – sie schien ihm nach all den Kummertagen ein wenig straffer über dem Kugelbauch zu liegen – und stiefelte auf kurzen Beinen hinaus in den Garten. Schankgäste waren um diese Tageszeit noch keine in Aussicht, und der Gast des einzigen Bettzimmers, das es im *Wolfswinkel* gab, war schon in der Dämmerung hinaus in den Wald gewandert. Wie jeden Morgen seit dreizehn Jahren. Ach, seufzte Obbo, das alte Mütterchen Mitternacht – immer als erste auf den Beinen.

Aber dies war nicht die Zeit und nicht der Ort, um an Mütterchen Mitternacht zu denken. Obbo überquerte die kleine Wiese, umrundete die weiße Hecke aus Kupferfelsenbirnen und verweilte einen Moment am Froschweiher. Ein wildes Quaken begrüßte ihn; zumindest stellte Obbo sich vor, es sei ein Gruß. Er sah sein Spiegelbild in der Oberfläche und tippte eilig mit dem Finger hinein. Sein pausbäckiges Antlitz zerstob in sanften Ringen.

Über ihm schwatzten die Vögel beim Nestbau, ein Trillern und Pfeifen und Zwitschern erscholl aus den Wäldern. Obbo trat durch den Vorhang der Weidenzweige, durchquerte eine Reihe hoher Weißbirken und stieg schließlich den Hügel am Ende des Gartens hinauf. Er glaubte nicht, daß es wirklich etwas zu sehen gab, aber es war eine alte Gewohnheit, frühmorgens von dort aus zum Fluß zu blicken. Zum Fluß und hinüber zum Hohlen Berg.

Ächzend erklomm er die Hügelkuppe und blieb inmitten hoher Hasenglöckchen stehen. Bald schon würden sie in blauer Pracht erblühen, ein feiner Anblick, ganz gewiß.

Auf der anderen Seite fiel der Hügel steiler ab und verschwand im Schatten des Kiefernwaldes. Hundert Schritte weiter endeten die grünen Wipfel abrupt am Ufer des Rheins. Blau und glucksend strömten die Fluten vorüber und umspülten die Halbinsel, deren Zwillingsgipfel weithin die Landschaft überragten.

Zwei hohe Berge, durch einen bewaldeten Steg mit

dem Ufer verbunden. Der eine kahl und felsig, der andere gekrönt von einer mächtigen Burg. Es war die Burg der Fürsten Nibelung und Schilbung. Beide tot. Tot wie viele ihrer besten Männer, hingemäht vom Schlächter Siegfried.

Obbos gute Laune ging dahin, und Düsternis umfing sein Denken. Kein Fußnägelrauchen in diesem Jahr. Es war ein schwarzer Tag gewesen, als Siegfried von Xanten die Halbinsel betreten hatte, angelockt vom unermeßlichen Reichtum im Hohlen Berg. Der Recke hatte die beiden Fürstenerben hingeschlachtet, und niedergemacht hatte er auch ihre Garden; dann hatte er den Hort für sich beansprucht. Keiner wagte mehr zu widersprechen, auch dann nicht, als der Sieger mit wehendem Goldhaar von dannen ritt. Den Schatz, so hatte er verkündet, wolle er später holen lassen. So lange sollte der Hort im Hohlen Berg bleiben, in den unergründlichen Schatzkammern und Hallen tief in seinem Inneren, behütet von seinem einzigen Wächter.

Seitdem waren einige Wochen vergangen, und die Totenfeuer hatten unermüdlich die Leichen all jener Recken verzehrt, die sich dem Xantener entgegengeworfen hatten. Es war eine schlechte Zeit gewesen für Obbo und den *Wolfswinkel*. Zwar hatten es die Krieger ohnehin vorgezogen, ihre Feste und Zechereien in der Burg abzuhalten, doch hatten sie sich stets zum ersten Tag des Frühlings in Obbos Schänke eingefunden. Wer die meisten Fußnägel in seiner Pfeife rauchte, der durfte mit seinen Freunden auf Kosten des Hauses trinken – bis zum nächsten Hahnenschrei. Ein verlockendes Angebot.

Jetzt aber kamen kaum noch zahlende Gäste, und vor allem einer, der verläßlichste Stammgast von allen, hatte sich seither nicht mehr blicken lassen. Er war der Wächter vom Hohlen Berg, der Horthüter, und es schien, als hätte er der Geselligkeit abgeschworen.

Obbo seufzte tief und beklagte innerlich das Schicksal, das der Xantener über das Nibelungenreich gebracht hatte. Gerade wollte er sich abwenden und zurück zum Wirtshaus laufen – und vielleicht unterwegs noch hier und da im Garten verweilen und den Fröschen bei der Fliegenjagd zusehen –, als etwas Unverhofftes geschah.

Zum ersten Mal seit Wochen stieg Rauch aus den Schloten des Hohlen Berges. Nicht der fettig schwarze Qualm der Leichenbrände, der die Burg so lange umlagert hatte – nein, dies war feiner, weißer Rauch, ausgepafft in kleinen runden Wölkchen. Das Signal.

Das Signal! durchfuhr es Obbo noch einmal, und vor Schreck stolperte er über die eigenen Füße. Fluchend und keuchend kippte er nach hinten und kugelte den Hang hinunter, abwärts in den Garten, mit wedelnden Armen und schmerzenden Knien. Hinter ihm blieb eine breite Schneise aus abgeknickten Hasenglöckchen zurück.

Unten rappelte er sich auf, schüttelte Halme und Schmutz aus seinem lichten Haar und schimpfte lauthals. Dann besann er sich.

Himmelsapperlot, das Signal! Nach all den Tagen war es wieder aufgestiegen! Und er hätte es beinah übersehen. Unverzeihlich, un-ver-zeih-lich!

Auf seinen Stummelbeinen wackelte er durch den Garten zum Wirtshaus, riß die Hintertür auf und stürmte in die Küche. Wo waren nur die frischen Eier? Wo das ausgelassene Schmalz? Wo die Zunderbüchse und wo das Salz? Verteufelt nochmal, solche Aufregung, solch ein Durcheinander!

Er schürte das Feuer unterm Bratstein, schlug die Eier auf – sie standen hinter den Würzdosen, der Teufel selbst mußte sie dort verborgen haben – und goß sie in eine Holzschale. Dann beschmierte er den kühlen Stein mit Schmalz. Es würde ewig dauern, bis die Oberfläche erhitzt war. Verflixt, verteufelt und verdammt!

Wieviel Zeit blieb ihm noch? Das Signal war erst vor kurzem aufgestiegen. Alberich würde sich gleich auf den Weg machen. Nicht ein einziges Mal war es vorgekommen, daß die Eier-im-Schmalz noch nicht fertig waren, wenn Alberich zur Schänke kam. Seit Jahren – wie vielen eigentlich? Siebzig, achtzig? – war der Horthüter Stammgast im Wolfswinkel, war es schon gewesen, als noch Obbos Großvater die Fässer anschlug. Und in all der Zeit hatte das Signal bedeutet: Alberich kommt, laßt die Eier brutzeln! Niemals war er enttäuscht worden, niemals.

Und nun das!

Der Stein war so kalt wie der Hintern einer Wasserleiche. Obbo begann zu schwitzen. Was würde Alberich tun, wenn die Eier noch nicht fertig waren? Wüten und schreien, zweifellos. Die Einrichtung der Schänke zerschlagen – es wäre nicht das erste Mal –, Obbo an den Kragen gehen, das Bier für viele Taler verschütten. Vielleicht sogar Mütterchen Mitternacht aufstacheln, es ihm gleichzutun.

O nein, o nein, o nein! Obbo schlug die Hände vors Gesicht und lief schwitzend in der Küche auf und ab. Wäre nur der Knecht zur Hand, er hätte ihn verdreschen können. Alles hätte gleich viel freundlicher ausgesehen. Aber der Knecht war im Stall, lag wahrscheinlich im Stroh und schnarchte seinen Rausch aus. Der faule Sack, der erbärmliche!

Immer wieder befühlte Obbo den Stein, verrieb das Schmalz mit den Fingern, in der Hoffnung, das könne den Vorgang beschleunigen. Aber, Schimpf und Schande, das tat es nicht. Das Feuer loderte und zischte, fauchte wie ein wildes Tier, doch der Stein blieb kalt.

Wochenlang, seit dem Blutbad des Xanteners, hatte Alberich nichts von sich hören lassen. Kein Signal, keine morgendlichen Eier-im-Schmalz. Zum ersten Mal seit Jahrzehnten war das Ritual des Frühstücks vernachlässigt worden. Durfte er da verlangen, daß der Stein schon vorgeheizt, das Schmalz zerlaufen war?

Ob er durfte oder nicht, er *würde* es verlangen. Denn das war die Natur des Horthüters, ein Wüterich, wie es nur einen gab.

Ein Krachen ertönte. Die Schanktür flog auf.

Obbo schrak zusammen. Jetzt schon? So schnell? Das war unerhört, unbegreiflich, ungeheuer. So flink vom Hohlen Berg herab, über den Landsteg zum Ufer und durch den Wald zum *Wolfswinkel*? In so kurzer Zeit?

Er eilte beflissen zur Küchentür, um hinaus in den Schankraum zu blicken. Schon erwartete er, den Horthüter vor sich zu sehen, eine Augenbraue hochgerutscht, mißmutig wie immer, die übliche Frage auf den dürren Lippen: »Wo sind meine Eier-im-Schmalz? *Wo sind sie, Obbo?*«

Wie groß war sein Aufatmen, als es nicht Alberich war, der zur Tür hereinkam. Vor Erleichterung setzte gar sein Herz aus, und Obbo griff sich seufzend an die Brust.

»Laß mich raten«, krächzte eine alte Stimme, »die Eier sind noch nicht fertig.«

»Woher –«

»Ich sah das Signal, und ich sehe dein Gesicht.«

Eine kleine alte Frau, so dürr wie ein verbrannter Holzscheit und nicht weniger runzlig, war hereingekommen. Sie warf ihr Bündel auf einen Tisch und schüttelte das graue Haar, das glatt bis zu ihren Hüften fiel. Ihr Hexengesicht, einst als das schönste der Wälder gerühmt, entspannte sich, als sie erschöpft auf den Hocker sank. Der Lederbesatz ihrer Waldläuferkleidung knirschte leise.

Mütterchen Mitternacht hieb die hutzelige Faust auf den Tisch. »Ein Bier, Obbo! Und ein paar Eier, wenn sie dann fertig sind.«

Weinerlich ließ Obbo die Schultern hängen. »Du hast recht, Mütterchen. Sie sind nicht fertig. Und sie werden es nicht sein, wenn er kommt.«

»O je«, machte sie und gähnte. »Dann bring mir schon das Bier.«

»Eine Geschichte als Bezahlung?« fragte er ergeben.

»Eine Geschichte als Bezahlung«, bestätigte sie, »wie üblich.«

Denn Geschichten waren das bevorzugte Zahlungsmittel im *Wolfswinkel*, waren es immer gewesen und würden es auch in Zukunft sein. Vorausgesetzt, es waren gute Geschichten, denen es zu lauschen lohnte.

Mütterchen Mitternacht wohnte seit nunmehr dreizehn Jahren in Obbos Wirtshaus, seit sie das Räuberdasein aufgegeben hatte (abgesehen von einem kleinen Diebstahl hier und da). Einstmals war sie die Anführerin der gefürchtetsten Räuberbande diesseits und jenseits des Flusses gewesen, ein Überweib, das es mit jedem Mann aufnahm, mit dem Schwert und mit den Fäusten. Noch dazu galt sie als das schönste Frauenzimmer im ganzen Land, und es hieß, sie habe ebenso viele Männerherzen gebrochen wie mit der Klinge durchbohrt.

Nun aber war sie uralt, und nur das wallende Grauhaar kündete noch von ihrem einstigen Zauber. Wie viele Winter sie wirklich gesehen hatte, wußte keiner. Man munkelte, jeder, der es in Erfahrung gebracht hatte, habe sein Wissen mit dem Leben bezahlt. Als sie sich zur Ruhe setzte, ließ sie sich im *Wolfswinkel* nieder, und kaum ein Tag verging, an dem sie die Zeche nicht mit einem Garn voller Wunder und Heldentaten beglich – zu Obbos Leidwesen, denn klingende Münze hatte er bitter nötig. Aber er respektierte die Gesetze seiner Ahnen. Der *Wolfswinkel* stand jedem offen, der um eine prachtvolle Geschichte wußte, und die Abende am Kaminfeuer, bei Pfeifenrauch und starkem Bier waren längst schon legendär.

Obbo brachte einen schweren Holzkrug mit Schaumkrone an Mütterchens Tisch. Sie reichte ihm im Gegenzug ihr Schwert, eine Klinge so groß, daß Obbo sie kaum zu heben vermochte. Wie die Alte damit focht, war ihm ein Rätsel. Eines von vielen, die Mütterchen Mitternacht umgaben.

»Schließ es weg«, sagte sie, weil es ihr gefiel, auch Befehle für Selbstverständliches zu erteilen. Es war seit jeher Brauch in der Schänke, alle Waffen vom Wirt einschließen zu lassen.

Obbo brachte das Schwert zur eisernen Waffentruhe neben der Küchentür und legte es hinein. Der Deckel fiel mit einem Scheppern.

»Was die Geschichte angeht –«, begann Mütterchen Mitternacht, doch Obbo winkte ab.

»Einen Augenblick.«

Er eilte wieder in die Küche und befühlte den Stein. Warm, aber noch weit von wirklicher Hitze entfernt. Wenn es so weiterging, würde das Schmalz ranzig werden, bevor es heiß war. Obbo atmete tief durch und begann, sich damit abzufinden, daß Alberichs Zorn verheerend sein würde, ein wahres Zornesgewitter.

Er überlegte, ob er die wertvollsten Gegenstände im Schankraum, den alten Wandteppich und einige fein bemalte Krüge, forträumen sollte. Ob es nutzte, wenn Alberichs Bier gezapft für ihn bereitstand? Nein, er würde nur über die niedrige Schaumkrone fluchen.

Zurück in der Schänke nahm Obbo bei Mütterchen Platz. Es blieb ihm nichts übrig, als abzuwarten.

Die alte Räuberin stopfte Kraut in ihre Pfeife, ein monströses Ding, so lang wie Obbos Unterarm. Obbo reichte ihr einen glühenden Span, den er vom Ofenfeuer mitgebracht hatte, dann war sie bereit. Würziger Pfeifenduft wehte durchs Zimmer.

»Nun, nun«, murmelte Mütterchen Mitternacht, denn damit begann sie seit dreizehn Jahren jede ihrer Geschichten, »es ist etwas ganz Besonderes, das mir heute zu Ohren kam. Ein fetter Händler, fetter noch als du, Obbo, erzählte mir davon.«

»Du hast im Wald einen Händler getroffen?«

»Eine Geschichte war alles, was er bei sich trug.«

»Dann muß sie so gut sein wie Golddukaten.«

»Besser noch, mein Lieber, besser noch.« Sie hatte hellblaue Augen, die Obbo jetzt vergnügt anblinzelten. Manchmal wirkten sie fast weiß, vor allem im Winter. Mochte der Leibhaftige wissen, was der Grund dafür war.

»Es ist eine Geschichte vom Helden Siegfried«, fuhr sie fort.

Obbo wurde bleich. »Gott bewahre, der Schlächter! Laß das nicht Alberich hören.«

»Was soll er schon tun?«

»Dir den Kopf abreißen.«

»Ach, das würde er nicht tun.« Sie kicherte schnarrend.

»Er könnte meine Tische zerschlagen.«

»Das wird er so oder so tun, wenn kein Ei für ihn bereitsteht.« Sie lachte laut auf, ein trockenes, brüchiges Rasseln. »Und wer weiß, vielleicht helfe ich ihm dabei, wenn auch das meine auf sich warten läßt.«

»Du bist grausam.«

»So nannte man mich einst – die Grausame.«

Obbo atmete leidvoll durch. »Los nun, die Geschichte.«

»Also«, wollte sie fortfahren, als die Tür zum zweitenmal an diesem Morgen aufflog.

Obbo wurde winzig klein auf seinem Hocker. »Alberich!« entfuhr es ihm flüsternd.

Der Schatten des Gastes fiel bis zur Küchentür.

»Das ist nicht Alberich«, stellte Mütterchen fest.

»Nicht?« fragte Obbo hoffnungsvoll.

»Nein.«

Und tatsächlich: Statt des Horthüters trat ein anderer zur Tür herein, ein Mann, den keiner der beiden je gesehen hatte.

»Holla!« brummte er mit brunnentiefer Stimme. »Bier für einen Gast. Und gebratenes Ei, wenn's recht ist.«

Es war ein Hüne von einem Kerl. Gebückt kam er

vom Wald herein, und gebückt stand er im Schankraum. Sein Kopf ragte höher als die Balkendecke, und seine Schultern waren breit wie die Tür. Ein schwarzer Haarschopf, wirr und starr wie Stroh, wucherte ihm über Stirn und Nacken, und auch sein Bart war rabenschwarz. Seine Kleidung war aus dunklem Fell und Eisen, aus hartem Leder und Bronzeschuppen – die Kleidung eines Kriegers. Einen furchtbaren Zweihänder hielt er in den Pranken. Viel zu groß für die Waffentruhe, wie Obbo sorgenvoll bemerkte.

Dann sah er die Augen des Riesen. Sie standen schräg.

»Ein Hunne!« schrie Mütterchen Mitternacht und sprang erstaunlich flink vom Hocker. »Schnell, Obbo, mein Schwert!«

»Laß gut sein, alte Vettel«, grunzte der Hüne oder Hunne oder was immer er auch sein mochte. »Keinen Streit bring' ich in diese Mauern.« Er redete sehr langsam und gedehnt, und Obbo hatte den Eindruck, daß er ein wenig blöde war. »Stark und tödlich bin ich wie der Zahn des Löwen. Deshalb nennt man mich Löwenzahn.« Er straffte sich, schob heldenhaft die Brust nach vorne – und stieß prompt mit dem Schädel an die Dekke. »Löwenzahn, der Grausame.«

Zwei von der Sorte, dachte Obbo freudlos.

»Löwenzahn?« fragte Mütterchen und gab Obbo einen Tritt. »Das Schwert!« zischte sie leise.

»Löwenzahn, jawohl. Aber dein Zittern ist unbegründet, Weib.«

»Mein Zittern?« Das war zuviel. Erst »Vettel« und nun das! »Ich zittere nicht, schon gar nicht vor dir, Hunne.«

Obbo trat an die Waffentruhe und dachte bei sich: Hunnen haben keine solchen Bärte. Und sie sind klein und gelb wie Senf. Dieser hier ist nichts von beidem.

Er zögerte noch, Mütterchen das Schwert herauszugeben. So lange der Kerl keinen Ärger machte, würde er keinen Kampf im *Wolfswinkel* dulden. Wiewohl, welche Wahl hatte er schon? Vielleicht sollte er einfach in die Küche gehen und nach dem Bratstein sehen.

Als hätte er Obbos Gedanken gelesen – was ausgeschlossen war, denn lesen konnte keiner der drei –, sagte der Riese: »Ich bin kein Hunne, Vettel. Mein Vater war einer, aber nicht meine Mutter. Sie war eine Frau wie du, wenngleich auch jünger und schöner.«

»Jünger und ... schöner?« Mütterchen schloß mit einem Krächzen den Mund.

Löwenzahn, wenn das denn wirklich sein Name war, legte das Gigantenschwert auf einen Tisch. Er nickte. »Sie war ein Prachtweib, groß und blond wie die Sonne selbst. Und jetzt, Wirt, bring mir Bier!«

Obbo füllte flugs einen Krug, den größten, den er besaß, und schleppte ihn an den Tisch des Kriegers. Kleinlaut sagte er: »Euer Schwert, Herr – ich muß es wegschließen. Das ist hier Gesetz.«

»Wessen Gesetz?« gröhlte der Recke Löwenzahn.

»Äh«, machte Obbo verdrießlich, »das meine.«

»So, so.« Plötzlich grinste Löwenzahn. Hinter seiner

Oberlippe klaffte eine Zahnlücke. »Nun, Gesetzgeber, Wirt, oder wie immer du dich nennen magst, so nimm denn mein Schwert und schließe es ein.«

Obbo zögerte noch einen Augenblick, dann hob er die mächtige Waffe mit aller Kraft vom Tisch. Ächzend und stöhnend schleppte er den Bihänder zur Waffenkiste. Seine Befürchtung war richtig gewesen: Die Klinge war zu lang. Er mußte den Deckel offenstehen lassen. Fast die Hälfte des Schwertes ragte heraus.

Die Tatsache, daß der Hüne nun kein Schwert mehr am Leib trug, schien Mütterchens Wut zu besänftigen. Sie setzte sich, nahm wieder ihre Pfeife auf und beobachtete den Fremden durch graue Krautschwaden.

»Gib acht, Hunne, bald kommt einer, der es nicht so gut mit dir meint wie ich«, brummte sie mißmutig. Ihre Sanftmut überraschte Obbo; für gewöhnlich ging sie keinem Kampf aus dem Weg. Doch auch Räuberbräute wurden alt, und Mütterchen hatte noch nicht gefrühstückt.

»Sie spricht die Wahrheit«, sagte Obbo an Löwenzahn gewandt. »Der Horthüter Alberich haßt alles, was auch nur hunnisch aussieht, ganz gleich, ob Ihr ein ganzer, ein halber oder nur zu einem Viertel Hunne seid.«

»Soll er kommen«, prahlte der Krieger über sein Bier hinweg. »Ich will ihn zurechtstutzen, bis er aufrecht durch die Zwergenstollen unter den Bergen gehen kann.«

»Aber er *ist* ein Zwerg«, bemerkte Obbo.

Löwenzahn lachte gröhlend auf und sagte nichts mehr.

»Wartet nur ab«, sagte Obbo leise und lief in die Küche. Noch immer war die Steinplatte nicht heiß genug, um Schmalz und Eier zum Braten zu bringen. Ein schwarzer Tag für den *Wolfswinkel*. Kein Ei für Alberich Horthüter, ein Raufbold im Schankraum und soviel Eile und Aufregung, daß Mütterchen nicht dazu kam, ihre Geschichte zu erzählen. Ein wahrlich übler Morgen. Und übler noch, wenn erst Alberich den Hunnen entdecken würde. Das mußte schrecklich enden, ein Gemetzel ohnegleichen.

Zurück im Schankraum nahm Obbo abermals an Mütterchens Tisch Platz und forderte sie auf, es erneut mit ihrer Geschichte zu versuchen.

Als sie begann, lehnte auch Löwenzahn sich zurück und hörte schweigend zu.

»Nun, nun«, setzte sie wieder an den Anfang, »es heißt, einige Tage, nachdem Siegfried von Xanten dem Geschlecht der Nibelungen den Garaus machte, kam er an eine mächtige Klippe über dem Rhein. Dort, so erfuhr er von einem verängstigten Köhler, hauste ein mächtiger Drache, ein Lindwurm, größer als alle, die bislang das Antlitz der Welt beschmutzten.«

»Aber die Lindwürmer sind ausgestorben«, stieß Löwenzahn hervor. »Seit Monaten schon suche ich einen, um ihm den Schädel zu spalten.«

»Du bist auf der Suche nach Heldentaten, Dummkopf?« fragte Mütterchen verächtlich. »Dann solltest du wissen, daß es lange schon Gerüchte gab, ein einziger Lindwurm, der letzte, lebe irgendwo in diesen Landen. Viel wurde davon gemunkelt, und so wie es aussieht, hat der Xantener ihn gefunden. Auf einer weiten Heide, hoch über dem Rhein, da soll er hausen, so hieß es, und –«

Wieder war es Mütterchen nicht vergönnt, ihr Garn zu Ende zu spinnen. Denn nun ertönte von draußen eine Stimme. Heftige Flüche drangen durch die Tür, schlimmer als alle, die Obbo bislang vernommen hatte. Dabei war er stolz auf jene, die er kannte, kam einem Wirt doch mancher Schimpf zu Ohren.

Die Tür flog auf, und herein kam Alberich.

»Wo sind meine Eier-im-Schmalz? *Wo sind sie, Obbo?*«

Der Wirt rutschte vor Schreck vom Hocker. Mit eingezogenem Kopf landete er auf dem Hinterteil am Boden, inmitten der Sägespäne, die überall die Bohlen bedeckten. Die Beine lang ausgestreckt, hockte er da und bemühte sich, dem lodernden Zorn des Zwerges zu entgehen.

»Sie sind ... sie sind ...«

»*Was* sind sie?« grollte der Horthüter.

»Sie ... sie ...«

»Was?«

»Nicht fertig.« Schützend schlug Obbo die Arme vors Gesicht.

Alberich stand da, gerüstet mit goldenem Helm und goldener Brünne, in seiner Hand eine goldene Geißel.

Daran baumelten sieben Stachelkugeln, gleichfalls vergoldet. Er war klein, wie es so Sache der Zwerge ist, und selbst Obbo, der ja am Boden saß, mußte nicht zu ihm aufschauen; vielmehr befanden sich ihre Augen auf gleicher Höhe. Alberichs Gesicht war so faltig wie ein Bratapfel, seine Augen groß und schwarz, die Nase gewaltig. Ein eisgrauer Bart reichte ihm bis hinab zum Bauchnabel. Gewöhnlich trug er braune Gewänder und einen riesigen Hut mit breiter Krempe. Weshalb er sich heute in Rüstmontur geworfen hatte, wußte Obbo nicht. Er würde doch wegen ein paar Eiern kaum mit der Geißel auf ihn einschlagen?

Die breiten Nasenflügel des Horthüters zitterten, als sie sich mühten, den Duft gebratener Eier einzufangen. Doch da war nichts dergleichen. Nur Mütterchens Pfeifenrauch und der Gestank von verlaustem Fell.

»Nicht ... fertig?« Die Erkenntnis traf Alberich wie ein Schlag. Sein Gesicht färbte sich rot.

Obbo versuchte, die Katastrophe abzuwenden. »Nicht ganz.« Und geschwind sprang er auf, eilte in die Küche, fort aus dem Blickfeld des zürnenden Zwerges, und befühlte die Bratplatte. Prompt verbrannte er sich die Fingerkuppen und sprang fluchend im Kreis. Dann erst kippte er die Eier über das zerlaufene Schmalz. Es zischte.

»Obbo!« schrie es von draußen.

Zu seiner Überraschung war es nicht Alberich, der seinen Namen rief. Statt seiner war es Mütterchen Mitternacht.

Zögernd näherte er sich der Küchentür, blickte zaghaft hinterm Rahmen hervor. »Ja, bitte?«

Der Anblick hätte ihn nicht unvermuteter treffen können.

Alberich lag zusammengesunken am Boden, kaum mehr bei Besinnung. Mütterchen kniete neben ihm und hielt seinen Kopf. Mit den Fingern träufelte sie Bier aus Löwenzahns Humpen auf die farblosen Lippen des Zwerges. Der Krieger stand dabei und beobachtete das Schauspiel halb mitfühlend, halb blöde. Er war wohl lange nicht so kampflustig, wie er tat.

»Bring kaltes Wasser!« rief Mütterchen, ohne in Obbos Richtung zu blicken. »Und irgendwas zu essen! Der kleine Mann ist halb verhungert.«

Halb verhungert? Alberich?

Obbo holte Wasser und einen Kanten Brot und brachte beides in den Schankraum. Wenig später war der Zwerg wieder klar genug, um die drei Gestalten zu erkennen, die sich über ihn beugten. Und er sah auch die schrägstehenden Augen des Riesen.

»Ein Hunne!« entfuhr es ihm, doch er war zu schwach, um sich zu erheben und den Fremden anzugreifen.

Der Krieger grinste und entblößte seine Zahnlücke. »Löwenzahn zu Euren Diensten, Herr Horthüter.«

»Zu meinen *Diensten*?«

»Ich bin hier, um Euch beizustehen.«

Alberich riß die Augen auf, als müßte er abermals in Ohnmacht fallen. »Wie das?«

Obbo wunderte sich, wie ruhig der Zwerg blieb. Er verabscheute Hilfe jeglicher Art, fast so sehr wie Hunnen. Daß er Löwenzahn nicht gleich an die Kehle ging, konnte nur an seiner üblen Verfassung liegen.

»Man hört weithin vom Schicksal der Fürsten Nibelung und Schilbung«, erklärte der Riese mit schwerer Zunge; es klang ein wenig, als lalle er im Suff. »Überall erzählt man sich, wie die Fürsten den Helden Siegfried baten, das Erbe ihres Vaters für sie aufzuteilen. Der Xantener aber erschlug sie beide und ihre Männer noch dazu und erhob eigens Anspruch auf den Schatz. Es heißt, er habe Euch, Herr Horthüter, im Kampf besiegt und Euch die Tarnkappe entrissen.«

Alberichs Miene wurde noch verkniffener, als sie von Natur aus war. »Das erzählt man sich? Von Alberich, dem Verlierer?«

»Nein«, widersprach Löwenzahn erstaunlich flink. »Nicht vom Verlierer, sondern von Alberich dem Tapferen, der den Listen des Xanteners unterlag. Es heißt, ohne Tarnkappe werde es Euch schwerfallen, den unermeßlichen Hort der Nibelungen zu bewachen. Deshalb bin ich hier, um mit Euch neue Heldentaten zu vollbringen.«

Mütterchen Mitternacht lachte krächzend auf. »Du willst dich in die Lieder einschleichen, die man über Alberich Horthüter singt.«

»Ich will meinen Platz darin verdienen, alte Vettel.«

»Wer gab dir diesen dämlichen Namen, Hunne?«

fragte Alberich und setzte sich auf. Noch immer machte er keine Anstalten, den Riesen zu erschlagen.

Ehe jener antworten konnte, erklärte Mütterchen schnippisch: »Stark und tödlich wie der Zahn eines Löwen. Hah!«

»Was ist daran so lustig, Weib?« grollte der Krieger.

Obbo wollte es ihm erklären, ihm gar einen Löwenzahn aus dem Garten pflücken, doch Alberich ging dazwischen.

»Ich will deine Hilfe nicht, Hunne. Alberich braucht niemandes Hilfe.«

»Vielleicht doch.«

Der Blick des Zwerges wurde lauernd. »Wie meinst du das?«

»Es heißt, Räuber aus dem ganzen Land seien unterwegs hierher, um den Hort zu gewinnen.«

Alberich schnaubte. »Sie werden sich am Horthüter die Zähne ausbeißen.«

Jetzt war es Mütterchen, die sagte: »Mit Verlaub, mein Freund, aber im Augenblick siehst du aus, als könnte sogar Obbo dir mit der Bratpfanne eins überziehen.«

Alberich ballte die Faust vorm Gesicht des verdutzten Wirtes. »Soll er's doch versuchen!«

»Aber ich wollte doch gar nicht...« stammelte Obbo, ehe Mütterchen dazwischenging.

»Gemach, Alberich Horthüter. Es ist nicht Obbos Pfanne, die du zu fürchten hast.«

»Nichts fürchte ich!« schimpfte der Zwerg erregt. »Nichts auf der Welt!«

»Ja, ja«, besänftigte ihn Mütterchen. »Sag' uns lieber, was dich so geschwächt hat.«

»Der Hunger«, entgegnete der grimmige Zwerg. »Hab' seit Wochen nichts gegessen.«

»Gold kaut sich wohl schlecht«, bemerkte die Räuberin.

»In der Tat«, brummte Alberich durch seinen Bart. »Mußte achtgeben, daß keine Räuber und Hunnen meine Schätze stehlen.«

Mütterchen und Löwenzahn wechselten vielsagende Blicke.

»Hatte keine Zeit zum Essen«, fuhr der Zwerg fort. »Mußte Ausschau halten nach Feinden vorm Tor des Hohlen Berges. Erst heute ging es nicht mehr anders, ich mußte kommen und gebratene Eier essen.« Dabei zitterten seine empfindlichen Nasenflügel erneut. Auch die anderen bemerkten jetzt den Geruch nach Verbranntem.

Obbo schluckte, sein Kopf ruckte hoch. »Herrgott, die Eier!« Er rannte los, stolperte über einen Hocker, fing sich gerade noch und verschwand in der Küche.

Ein Blick auf den Bratstein zeigte, daß er zu spät kam. Die Eier waren restlos verkohlt. Ein weiteres erstes Mal an diesem Tag. Fluchend machte er sich daran, die Überreste vom Stein zu schaben und neue Eier aufzuschlagen.

Derweil wurde Alberich von Mütterchen und

Löwenzahn auf einen Hocker gehievt. Die goldene Rüstung wog schwer, aber er weigerte sich strikt, sie abzulegen. Beide entdeckten den großen Schlüssel, der unter der Brünne an einer Kette um seinen Hals hing.

Alberich bemerkte ihre Blicke. »Der Schlüssel zum Tor. Wer sich daran vergreift, der stirbt tausend Tode.«

»Niemand wird sich an deinem Schlüssel vergreifen«, besänftigte ihn Mütterchen.

»Das will ich hoffen.«

»Dann ist der Berg jetzt unbewacht?« fragte Löwenzahn.

»Unbewacht?« schrie der Zwerg im Zorn. »Warum willst du das wissen? Tausend Feuerdrachen hüten das Gold.«

»O ja, natürlich«, seufzte Mütterchen.

Obbo kehrte zurück. »Neue Eier sind unterwegs.«

Seine drei Gäste murmelten Flüche, denn allen knurrte der Magen, am allermeisten Alberich.

»Womit willst du die Eier bezahlen?« fragte Obbo den Zwerg, weil es seine Pflicht als Wirt war.

»Mit Gold, wie immer«, keifte Alberich zurück. Der Horthüter hatte in all den Jahrzehnten nicht eine einzige Geschichte erzählt. Abgesehen von seinen Schimpftiraden sprach er überhaupt nicht viel.

»Was ist nun?« erkundigte sich Löwenzahn. »Nehmt Ihr mich als Kampfgefährten an, Herr Horthüter?«

»Pah«, schnauzte Alberich. »Geh' von mir aus zum Teufel, Hunne.«

»Ihr habt ein vorlautes Mundwerk, Zwergling.«

Alberich starrte ihn mit offenem Mund an. Kein Zwerg schätzt es, wenn man ihn »Zwergling« nennt. Aber den edlen Alberich mußte ein solches Wort besonders treffen.

»Wenn ich nicht so hungrig wäre, würde ich dir die Frechheiten austreiben!«

»Es wäre wenig heldenhaft, den großen Alberich mit leerem Magen zu erschlagen«, entgegnete Löwenzahn schulterzuckend. Manchmal war er schlagfertiger, als sein tumber Gesichtsausdruck und die lallende Sprache vermuten ließen.

Obbo unterbrach den Streit, als er drei Holzschüsseln in den Schankraum balancierte. Er stellte sie vor den drei Gästen ab und legte Alberichs Goldgeißel in die Waffentruhe.

Alle fielen mit Heißhunger über ihre Eier-im-Schmalz her, bestellten mehr Bier und vergaßen für eine Weile ihren Zank. Auch Obbo setzte sich schließlich dazu, aß selbst ein wenig Ei und genehmigte sich einen halbvollen Krug.

Löwenzahn wandte sich an Alberich. »Warum hat Siegfried dich eigentlich erst besiegt und dann doch wieder zum Horthüter ernannt?« fragte er kauend und verzichtete fortan auf die Anrede »Ihr«.

»Damit ich allen Hunnen den Schädel einschlage«, raunzte der Zwerg.

Mütterchen wischte sich Bierschaum vom Mund. »Im Ernst, Alberich. Wieso nahm er dir die Tarnkappe und trug dir trotzdem auf, auch in Zukunft den Schatz zu bewachen?«

»Weil ich der einzige bin, der sich in den Schatzkammern und Hallen im Hohlen Berg auskennt. Der verfluchte Xantener würde sich verlaufen und bis ans Ende seiner Tage durch den Berg kriechen, würde ich ihn nicht führen.«

»Dann sollte es dir nicht schwerfallen, ihn loszuwerden, wenn er zurückkehrt.«

Wütend blinzelte Alberich sie an. »Es betrügt sich schlecht, wenn man eine Klinge am Hals spürt.«

»Das muß allerdings schmerzlich für dich gewesen sein, Zwergling«, bemerkte Löwenzahn grinsend. »Wahrscheinlich hat er dich hochgehoben, du hast mit den Beinen gestrampelt und dich –«

»Schluß damit!« Alberich sah aus, als wolle er ihm seinen Holzlöffel – oder Schlimmeres – um die Ohren hauen. »Ich lasse mich nicht von einem stinkenden Hunnen beleidigen.«

»Ich kam als Bittsteller, und du hast *mich* beleidigt«, erinnerte ihn Löwenzahn.

Obbo fühlte sich einmal mehr in die Rolle des Schlichters gedrängt. »Was haltet ihr davon, wenn Mütterchen uns endlich ihre Geschichte erzählt?«

Löwenzahn hob seinen Krug und prostete in die Runde. »Ein Hoch auf die Kunst des Geschichtenerzählens.«

»Es geht um Siegfried«, warnte Mütterchen und sah dabei Alberich an.

Der knallte die Faust auf den Tisch. »Der Verfluchte!«

»Ein Held«, widersprach Löwenzahn, »ohne Zweifel. Er nahm es mit einem Drachen auf.«

»So, tat er das?« tobte der Zwerg. »Kein Wunder, mit meiner Tarnkappe. Auch ein Drache besiegt keinen Unsichtbaren.«

»Er hat sie nicht benutzt«, sagte Mütterchen. »Er hat das Untier allein mit dem Schwert bezwungen.«

»Zweifellos eine Lüge.«

»Ein Held ist er trotzdem.« Löwenzahn hob abermals den Krug und prostete ins Leere, als stünde der unsichtbare Siegfried neben ihm. »Soviel Respekt muß sein.«

»Auch ich bin ein Held!« zeterte Alberich.

»Ohne die Magie der Tarnkappe scheinst du mir ein gewöhnlicher Zwergling zu sein.«

»Ich zeig' dir, wer ein Zwergling –«

Mütterchen hielt Alberich zurück und drückte ihn mit erstaunlicher Kraft auf seinen Hocker. »Warte ab, alter Freund. Höre meine Geschichte, und es mag sich ein Weg aufzeigen, wie du neue Magie gewinnen kannst, um deinen Hort zu hüten.«

»Neue Magie?« fragte er zweifelnd. »Ist das dein Ernst?«

»Allerdings.«

Alberich klammerte beide Hände um seinen Bierkrug und starrte verkniffen in den Schaum. »Dann laß hören ...«

Endlich! dachte Obbo.

Mütterchen Mitternacht nahm einen heftigen Zug aus ihrem Humpen, dann sagte sie: »Nun, nun.« Obbo rückte sich auf seinem Hocker zurecht.

Die Räuberin schloß dort an, wo sie durch Alberichs Ankunft unterbrochen worden war. »Von einem Köhler also erfuhr der Xantener vom entsetzlichen Lindwurm, der hoch über dem Rhein auf seine Opfer lauert. Jeden Tag, so erzählte der verstörte Mann dem Recken, wälze sich das Untier aus seiner Höhle und liege auf einer hohen Klippe. Von dort aus strecke es sein Maul in die Fluten, um zu trinken.«

»Ich hörte, sie trinken nur flüssiges Gestein aus dem Glutschlund der Erde«, warf Löwenzahn ein.

»Dummes Geschwätz«, fuhr Mütterchen ihm über den Mund. »Das sind Ammenmärchen. Aber unterbrich mich nicht noch einmal.«

Löwenzahn schnitt eine Grimasse und schwieg fortan.

Mütterchen paffte einen gewaltigen Rauchring, der eine Weile über ihrem Kopf schwebte und schließlich zerstob. »Am frühen Morgen ritt Siegfried den Berg hinauf. Unweit der Klippe ließ er sein Pferd zurück, band es aber nicht fest, damit es entkommen konnte, falls ihm selbst etwas zustieße. Er erklomm den letzten Felswall und betrat die verfluchte Heide, die den oberen Teil der Klippe bedeckt. Schon von weitem sah er den schwarzen Rauch, der aus einem gewaltigen Höhlenloch aufstieg, denn darin lag der Drache und schlief. Siegfried entdeckte auch die breite Spur, die das Untier durch die Heide gezogen hatte, verriet sie doch den Weg, den der Lindwurm allmorgendlich zur Tränke nahm.

Der Xantener faßte sogleich einen kühnen Plan. In Windeseile grub er mit seinen übermenschlichen Kräften ein tiefes Loch, mitten in die Wälzspur des Drachen. Er hockte sich hinein, das mächtige Schwert Balmung im Anschlag, bereit, es dem Untier ins Herz zu stoßen, so es denn über die Grube hinwegkroch.«

»Balmung, der Nibelungenschlächter«, flüsterte Alberich tonlos.

Mütterchen nickte. »Siegfried mußte nicht lange warten. Bald schon kroch der stinkende Wurm nach dem Wasser, und ein furchtbares Erdbeben hob an, so daß Siegfried fürchtete, die Grube würde zusammenstürzen und ihn lebendig begraben. Das Untier spie Feuer und Gift vor sich her, ohne den Feind zu bemerken. Schon wälzte sich sein Schuppenleib über das Loch hinweg, da rammte der Recke die Klinge nach oben und grub sie tief in die Eingeweide der Bestie. Der Drache wälzte sich im Todeskampf, und immer mehr Blut pumpte aus seinem Körper in das Versteck seines Gegners. Es gelang Siegfried gerade noch, das Loch zu verlassen, ehe das Untier sich abermals darüber wälzen und ihn zermalmen konnte. Schwanz und Schädel schlugen wild in alle Richtungen, die riesigen Kiefer schnappten ins Leere.

Endlich aber lag der Drache still. Doch immer noch war ein Hauch von Leben in ihm. Mit tiefer Stimme fragte er: ›Wer bist du, und welches ist dein Geschlecht, daß du es wagst, mir mit solcher Kühnheit entgegenzutreten?‹ Und Siegfried sprach: ›Man nennt mich Siegfried, und ich wurde den Herrschern von Xanten als einziger Sohn geboren, den Fürsten Siegmund und Sieglinde.‹ Der Drache gab sich damit nicht zufrieden: ›Was trieb dich zu diesem Kampf? Weißt du nicht, daß alles Volk mich fürchtet?‹ ›Mein Mut, meine Kraft und meine starke Rechte verlangten, sich mit dir zu messen‹, erwiderte Siegfried stolz. ›Mein Schwert Balmung tat das seine, dir all deinen Schrekken zu nehmen.‹«

Alberich zog eine Grimasse. »Solch ein Großmaul! Nur das Schwert war es, nur Balmung, das ihn den Drachen bezwingen ließ. Das Schwert, das er aus *meinem* Hort gestohlen hat!«

»Balmung gehörte den Nibelungen?« fragte Löwenzahn überrascht, bekam aber keine Antwort.

Mütterchen holte Luft. »Endlich war der Drache tot. Das Feuer in seinen Augen verging, und kein Gift und keine Glut schossen mehr aus seinem Maul. Allein sein Blut, viele, viele Fässer voll, ergoß sich hinab in die Grube des Recken, und Siegfried selbst war über und über davon besudelt. Er erinnerte sich an die alte Mär vom Drachenblut, und daß es dem, der darin badet, die Unverwundbarkeit schenkt. Flugs entstieg er seiner Kleidung und sank in die rote warme Flut, benetzte sich von oben bis unten. Und bald schon spürte er, wie sich ein unsichtbarer Hornpanzer über seine Haut legte, und keine Klinge, nicht einmal Balmungs scharfe Spitze, vermochte sie zu ritzen. So zog der Xantener glücklich von dannen, in der Gewißheit, daß keiner es je mit ihm aufnehmen könnte.«

Alberich schlug vor Zorn mit der Faust gegen seinen Krug. Das Gefäß flog in weitem Bogen vom Tisch und zerbrach am Boden. »Das darf nicht wahr sein! Unverwundbar soll er sein, der Hund? Einst wird er lernen, wie unverwundbar er ist, wenn erst Alberichs Klinge ihn spaltet.«

Obbo sah finster auf die Splitter des Tonkrugs, blieb aber auf seinem Platz. Wer mochte wissen, wie viele Krüge noch zerbrechen würden, ehe der Zwerg zur Ruhe kam?

Löwenzahn runzelte unter seiner schwarzen Mähne die Stirn. »Wie aber soll diese Geschichte unserem Horthüter zugute kommen?«

»Das würde ich auch gern wissen!« keifte der Zwerg.

Mütterchen lächelte geheimnisvoll. »Fällt es euch wirklich so schwer zu begreifen?«

Erstaunlicherweise war es Obbo, der sagte: »Das Blut! Du meinst das Blut, nicht wahr?«

»Aber ja doch!« rief sogar Löwenzahn.

Nur Alberich schaute verständnislos von einem zum anderen. »Blut?« fragte er verdutzt.

»Es ist doch ganz einfach«, erklärte Mütterchen

geduldig und machte dabei ihrem Namen alle Ehre. »Der Schutz der Tarnkappe ist dir verlorengegangen. Um den Hohlen Berg aber gegen die wilden Horden verteidigen zu können, die bald schon hier auftauchen werden, bedarf es einer neuen Magie.« Sie grinste. »Du, Alberich, mußt unverwundbar werden – genau wie dein Erzfeind Siegfried!«

»Unverwundbar...?« Der Zwerg schnappte nach Luft. Er sah aus, als würde er gleich ein zweites Mal zusammenbrechen.

»Natürlich!« meinte auch Löwenzahn. »Ich werde dich auf der Reise begleiten.«

»Begleiten...?« stammelte der Horthüter fassungslos. »Reise?«

»Zur Drachenheide«, sagte Mütterchen erregt. »Und auch ich will mit euch kommen. Es heißt, das Blut eines Lindwurms habe heilende Kräfte. Meine Gicht macht mir neuerdings zu schaffen.«

»Ihr meint...«, keuchte Alberich, »ihr meint wirklich... ich soll in Blut baden? In *Drachenblut?*«

»Warum nicht?« fragte Löwenzahn.

»Ja«, sagte auch Mütterchen, »warum eigentlich nicht?«

Alberich verzog kleinlaut das Gesicht. »Es stinkt.«

Mütterchen lächelte gutherzig. »Sicher bist du bei all den Blutbädern, die du unter deinen Feinden angerichtet hast, schon das ein oder andere Mal im Blut gewatet.«

»Natürlich, natürlich«, ereiferte sich Alberich eilig.

»Dann sehe ich keine Schwierigkeit.«

Alberich, dem der Gedanke noch immer sichtliches Unbehagen bereitete, suchte nach einem anderen Ausweg. »Ich kann den Hohlen Berg nicht unbewacht lassen.«

»Nur einige Tage«, widersprach Mütterchen. »Es kann nicht weit von hier sein. Und bis die ersten Räuber hier eintreffen, mag gut und gern noch eine Weile vergehen. Niemand wird den Hohlen Berg und den Nibelungenhort aufs Geratewohl angreifen. Das erfordert Vorbereitungen, Pläne und Ränke. Nein«, schloß sie, »ich glaube, in den nächsten Tagen ist der Hort noch sicher, auch ohne dich. Außerdem hast du selbst gesagt, daß jeder Räuber sich in den Hallen der Berges unweigerlich verirren muß.«

»Aber es ist mein Auftrag, den Schatz zu bewachen«, knurrte der Zwerg.

»Ein Auftrag, den dir zuletzt dein Feind Siegfried erteilte. Sollte es dir nicht Gefallen bereiten, dich ihm zu widersetzen?«

»Ich war schon Horthüter, als dieses Schwein noch gar nicht lebte.«

»Doch heute bist du es nach seinem Willen.«

Alberich verschränkte mürrisch die Arme. Er zog den goldbehelmten Kopf zwischen die Schultern und grummelte leise vor sich hin. »Drachenblut ... der Xantener ... hasse Reisen ... aber die Magie«, war alles, was Mütterchen und die anderen verstehen konnten.

Löwenzahn ergriff das Wort. »Auch ich will im Blute des Untiers baden. Dann werde ich Siegfried zum Schwertkampf fordern. Wir werden sehen, wer von uns der Stärkere ist.«

»Überschätze dich nicht«, warnte Mütterchen. »Außerdem sollte es das Ziel unserer Reise sein, den Blutsee zu finden, nicht den Xantener zu jagen.«

Alle versanken in brütendem Schweigen, unterbrochen nur von Alberichs brummelndem Selbstgespräch. Dabei starrte er verkniffen auf die leere Stelle auf dem Tisch, wo eben noch sein Krug gestanden hatte.

Obbo erhob sich. »Noch ein Bier?« fragte er, denn er besann sich auf seine Pflichten als Wirt. Mütterchens Geschichte und der wagemutige Plan hatten ihn gründlich verwirrt.

»Eines für mich«, sagte Löwenzahn, und auch Mütterchen bat um einen zweiten Krug.

Alberich hielt sich zurück. Er schien das Für und Wider abzuwägen, denn sein Mienenspiel wirkte noch abweisender als sonst. Schließlich aber, als Obbo die verlangten Krüge brachte, sagte der Zwerg: »Nein!«

»Nein?« fragten Mütterchen und Löwenzahn wie aus einem Mund.

»Es geht nicht«, entgegnete Alberich. »Was, wenn all das nur Geschwätz ist? Wer weiß, ob der Xantener den Drachen wirklich besiegt hat? Mir bleibt keine Zeit, einem Hirngespinst nachzujagen.«

Mütterchen seufzte. »Es ist kein Hirngespinst, und das weißt du. Uralt sind die Geschichten vom Drachen am Rhein und älter noch die Legenden vom Bad in seinem Blut. Außerdem hast du selbst erfahren, was für ein Gegner der Xantener ist. Nur ihm allein konnte es gelingen, das Untier zu schlagen.«

»Es gibt viele Geschichten über Siegfried«, setzte er dagegen, »und nicht alle sind wahr.«

»Die meisten sind es«, erwiderte Mütterchen. »Mag er dich und die Nibelungen geschlagen haben, durch Tücke oder Kraft, so ist er doch nicht weniger Held.«

»Ein Held, pah!« spie Alberich aus. Und dann verfiel er wieder in leises Grummeln, was bedeuten mochte, daß er abermals grübelte.

Im selben Moment schrie Löwenzahn: »Dort, am Fenster!«

Er sprang auf und stürzte zur Waffenkiste. Die drei anderen blickten alarmiert nach draußen. Einen Moment lang war ein Schemen zu sehen, ein Gesicht vielleicht. Dann huschte es davon und war verschwunden.

Löwenzahn hatte derweil seinen Bihänder aus der Truhe gerissen und stürmte damit zur Tür. Fluchend bückte er sich unter dem niedrigen Rahmen hindurch und rannte ins Freie.

Die drei anderen blickten sich ratlos an.

»Aber das war nur der Geist«, meinte Obbo gelassen.

»Vielleicht hätten wir Löwenzahn davon erzählen sollen«, sagte Mütterchen.

»Er hat nicht mehr Hirn in seinem Hunnenschädel als der niederste Erdwurm«, schimpfte Alberich.

Dann saßen sie wortlos da und warteten auf Löwenzahns Rückkehr.

Der Riese ließ nicht lange auf sich warten. »Jemand hat gelauscht«, keuchte er atemlos. »Aber er ist mir entwischt.«

»Er entwischt jedem«, sagte Obbo. »Wir nennen ihn den Geist.«

»Ein Geist?« Löwenzahn wurde bleich. Unter seinen schwarzen Haarzotteln war seine Blässe noch auffälliger.

»Kein echter – glauben wir zumindest.« Mütterchen war sichtlich erfreut über die Furcht des Kriegers vor Gespenstern. Sie hatte ihm das »alte Vettel« noch lange nicht vergeben. »Es ist irgendein Wesen, wahrscheinlich gar ein Mensch wie wir alle, der draußen im Wald lebt. Er zeigt sich niemandem, nur hin und wieder bemerkte man, wie er hinter Bäumen und Fenstern einherhuscht. Immer ist er vermummt, in irgendwelche Gewänder oder Bandagen. Eine traurige, einsame Kreatur. Obbo stellt ihm gelegentlich etwas zu essen an den Waldrand.«

Löwenzahn legte den Bihänder zu Boden und setzte sich wieder. »Hm-hm«, machte er, ohne es näher zu erläutern.

Alberich stand auf.

»Wo willst du hin?« fragte Mütterchen. »Wir sollten uns alle fertigmachen für die Reise.«

Der Zwerg ging zur Truhe und fischte seine Geißel hervor. »Ich gehe zum Berg«, knurrte er. »Laßt den Drachen Drachen sein. Ich brauche seinen Zauber nicht.«

Und noch ehe einer der anderen widersprechen konnte, war er bereits zur Tür hinaus und tauchte in die Schatten des Waldes.

Der Hohle Berg war die niedrigere der beiden Erhebungen, die von der Halbinsel des Nibelungengeschlechts hoch auf in den Himmel ragten. Der Rhein umspülte strudelnd ihre Klippen, und uralt war die Legende von den Rheintöchtern, die aus den Tiefen des Flusses die Insel bewachten. Doch auch sie hatten Siegfried, dem Nibelungentöter, keinen Einhalt bieten können, als er die Erben des Hortes niedermachte. Weder hatten sie den Versuch unternommen, noch hatten sie nur ihre blonden Schöpfe aus den Fluten gereckt. Genaugenommen hatte niemand sie seit vielen Jahrhunderten gesehen, nicht einmal Alberich, der länger auf der Halbinsel hauste als jeder andere. Wahrscheinlich, so vermutete er, waren die Rheintöchter längst weitergezogen und trieben ihren Schabernack anderswo an den Ufern des Stroms. Ihm sollte es recht sein. Er verabscheute das tändelnde Pack, das in der Dunkelheit der Rheinklüfte von Sonne und Liebesglück träumte.

Der bewaldete Landsteg, der Ufer und Insel miteinander verband, war an die hundert Schritte breit. Alberich, der das Wasser nicht mochte, hielt sich so gut es nur ging in seiner Mitte, um den Wogen nicht zu nahe zu kommen. Das ewige Brausen der Wellen drang durch die Büsche und Äste, und ihr Seufzen ließ den Horthüter schaudern.

Nicht, daß er Wald weit über Wasser schätzte! Sein Element war der Stein, die Kühle der schwarzen Bergestiefen, die domhohen Hallen und verwinkelten Stollen. Der Hohle Berg war sein Zuhause, seit er denken konnte, und er würde nicht zulassen, daß Räuberpack und Hunnenhorden ihn von hier vertrieben. Niemandem war das gelungen, nicht einmal den Dienern der Götter, die gelegentlich übers Weltenantlitz streiften.

Aber das war lange her, und stets war ihm dabei der Zauber der Tarnkappe zu Diensten gewesen. Jetzt aber war er nur noch ein Zwerg, kraftvoll zwar, mit kurzem, starkem Schwertarm, aber er mußte sich eingestehen, daß er einer Übermacht von tausend oder vielleicht zweitausend Gegnern kaum gewachsen war. Mütterchen Mitternacht hatte recht. Eine neue Magie mußte her.

Er stieg den Pfad zum Hohlen Berg hinauf, ein zerklüfteter Felsenturm, dessen Hänge nur spärlich mit Wald und Buschwerk bewachsen waren. Allein das hohe Tor aus Eisen, hergestellt von Albenschmieden,

den Ahnen des Zwergengeschlechts, lag inmitten eines Tannenhains. Die Baumwipfel schützten es vor neugierigen Blicken vom Flußufer.

Alberich steckte seinen Schlüssel ins Schloß, sprach die nötigen Wunderworte und schob das Tor nach innen, so leicht, als sei es aus Papier. Hinter ihm schloß es sich wieder mit dumpfem Donner.

Durch ein Labyrinth von Stollen und Gängen, durch Hallen aus Granit und Lavagestein, über schmale Felsbrücken, die schwarze Abgründe überspannten, und unter Kuppeln aus purem Bergkristall stieg Alberich in die untersten Ebenen des Berges. Vorbei an alten Zwergenschmieden, die seit Jahrhunderten ungenutzt blieben, vorüber an alten Wohnkammern und Speisesälen, alle verlassen, suchte er sich seinen Weg zur Halle des Hortes, weit, weit unter dem Rhein und den Landen an seinen Ufern. Hoch über ihm, jenseits des Gipfels, überquerte die Sonne fast den halben Himmel, ehe Alberich sein Ziel erreichte. Dann aber lag er vor ihm, der Hort des Fürsten Nibelung, der goldene Schatz der Schätze.

Am Grunde eines Felsendoms befand sich ein Gebirge aus Gold und Geschmeide, aus Edelsteinen und Kristall. Der Stollen, der zur Horthalle führte, mündete hoch oben in die Wand des Doms. Es gab keine Balustrade, nicht das schlichteste Geländer. Der Gang brach einfach ab, und dahinter lag der Abgrund des Felsendoms. Nur über eine schmale Treppe, rund um die Halle in die Wände gehauen, konnte man bis hinab in die Goldberge steigen. Alberich war seit Jahrzehnten nicht mehr dort unten gewesen. Selbst der verfluchte Siegfried hatte sich mit einem Blick von hier oben zufriedengegeben. Der Abstieg über die Treppe allein dauerte mehr als einen halben Tag, denn es waren Tausende und Abertausende von Stufen, die sich um die Halle schlängelten.

Alberich setzte sich an die Kante und ließ die dürren Beine baumeln. Er nahm den Helm vom Kopf und schüttelte sein lichtes Haar. Auch die Brünne drückte ihn, aber er wagte nicht, sie abzulegen.

Ach, dachte er wehmütig, wie einfach war alles doch damals gewesen.

Damals, als es noch andere wie ihn hier unten gab, ein ganzes Zwergenvolk, das in emsiger Arbeit schuf, was jetzt am Grunde der Horthalle lag. Treu ergeben den Urahnen Nibelungs, und ihm verpflichtet bis zum Tod. Doch die Zwerge waren allmählich verschwunden, viele starben, einige gingen auch fort und schlossen sich verwandten Völkern an, hoch oben im Norden, wo die Nächte lang und die Winde so eisig wie Felsquellen waren.

Alberich war geblieben, gebunden an den Treueeid der Nibelungen. Was immer seine Vorfahren im Berg dahingerafft hatte, Krankheit oder Feind oder beides, es traf ihn nicht. Er lebte ganz allein hier unten, und fort ging er nie, außer an manchen Morgen, wenn er im *Wolfswinkel* Obbos Eier-im-Schmalz aß. Er verabscheute Reisen, wohl weil er nie eine gemacht hatte, und die Vorstellung, seinen Hort für Tage oder Wochen sich selbst zu überlassen, wäre für ihn nie in Frage gekommen, wenn nicht, ja, wenn nicht der Xantener aufgetaucht wäre.

Jetzt saß er da, ohne Tarnkappe, ohne Hoffnung, und er wußte, daß die Reise unumgänglich war. Er unternahm sie besser heute als morgen, noch dazu an der Seite von Mütterchen Mitternacht, der er wenigstens trauen konnte. Was aber diesen Löwenzahn anging – allein der Name! –, so hatte er erhebliche Zweifel. Ein Hunnen-Bastard auf der Suche nach Ruhm. Es war beinahe lächerlich.

Er grübelte lange und genau, und das leise Brummeln, das dabei über seine Lippen kroch, hallte von den Felsklüften wider. Immer wieder ließ er seine Blikke über die Hortberge schweifen, über die endlosen Hügel aus Gold, die aus sich heraus zu leuchten schienen. Es gab keine Fackeln hier unten. Der Hort erfüllte auf wundersame Weise den ganzen Berg mit seinem Glanz, selbst die abgelegensten Stollen und Kammern. Für Alberich war es das größte Wunder der Welt, und ihm galt seine ganze Liebe.

Es war eine einsame, traurige Liebe, das wußte er, aber es war die beste, die er hatte. Niemand würde sich an seinem Hort vergreifen, kein Unsterblicher und kein Kind einer Menschenmutter.

Und so kam er nach schmerzlichen Stunden des Abwägens und Nachdenkens zu einer Entscheidung, an der er doch in Wahrheit nie gezweifelt hatte.

Kapitel 2

Am nächsten Morgen schulterten die drei ihre Rucksäcke, packten ihre Wanderstöcke und führten das Lastpony, das Obbo ihnen zur Verfügung stellte, aus dem Hof des *Wolfswinkel* hinaus auf den Waldweg. Der Wirt stand am Tor und winkte ihnen nach, rief ihnen die besten Wünsche hinterher und empfahl: »Gebt acht, wenn ihr anderswo Bier trinkt. Nicht jeder achtet wie ich auf die Reinheit des Gesöffs.«

Im Licht der aufgehenden Sonne bogen sie um die Wegkehre. Obbo und sein Wirtshaus blieben hinter den Bäumen zurück. Allein die Rauchfahne, die aus dem Kamin stieg, war noch eine Weile länger zu sehen. Sie wandten sich nach Norden, denn es hieß, die Drachenheide liege nördlich der Nibelungenfeste, obgleich auch Mütterchen Mitternacht den genauen Weg nicht kannte. Der Händler, der ihr die Geschichte erzählt hatte, war selbst nicht gewiß gewesen, wo nach der Höhle des Drachen zu suchen sei. Allein der Hinweis, das Untier habe auf einer Klippe am Rhein gehaust, gab ihnen die Gewißheit, daß sie den Ort nicht verfehlen konnten. Alles, was sie tun mußten, war dem Verlauf des Ufers zu folgen.

Mütterchen und Löwenzahn gingen voran, Alberich folgte ihnen mißmutig in drei Schritten Abstand. Noch immer mißfiel ihm der Gedanke, den Hohlen Berg zu verlassen, und mehr noch verabscheute er die Tatsache, daß die anderen längst mit seiner Rückkehr gerechnet hatten. Als er in der Morgendämmerung zum *Wolfswinkel* gekommen war, gerüstet und mit gepacktem Bündel, hatten Mütterchen und der Riese schon bereitgestanden. Beide hatten breit gegrinst, als Alberich zur Tür hereinkam. Erst wollte er beleidigt umkehren, doch die anderen überzeugten ihn, daß seine Entscheidung die einzig richtige war. Oh, wie er es haßte, etwas Vorhersehbares zu tun (obwohl er doch, genaugenommen, niemals etwa anderes tat).

Die alte Räuberin und der Krieger erzählten sich

Geschichten – Löwenzahn auf seine langsame, lallende Weise –, und Alberich beäugte mißgünstig, daß die beiden offenbar Freundschaft geschlossen hatten. Soviel Mühe Alberich sich auch geben mochte, er traute dem Hunnen nicht über den Weg; wobei er sich eingestand, daß die Mühe, die er sich gab, nicht allzu groß war.

Das Pony trottete an einer Leine, die Mütterchen in der Hand hielt, und so befand es sich auf einer Höhe mit dem Zwerg. Es schnaubte gelegentlich, fast als wollte es Alberich in ein Gespräch verwickeln, aber er war recht dankbar, daß er die Sprache der Tiere nicht verstand. Was, im Namen des Ältesten Alben, hätte ihm ein Pony schon erzählen können?

Sie folgten dem Waldweg durch wechselndes Gehölz, mal entlang hoher Eichenreihen, dann wieder durch die Düsternis schattiger Nadelhaine. Stets waren sie dabei nicht weit vom Ufer entfernt. Der Fluß strömte lautstark in seinem Bett jenseits der Stämme, zehn, zwanzig Schritte zu ihrer Linken. Sie gingen am Ostufer des Rheins, denn es gab weit und breit keinen Überweg, außer einer Fähre unterhalb der Nibelungenburg auf der Halbinsel. Aber es war gleichgültig, auf welcher Seite sie gingen, denn sie wußten nicht, auf welcher die Klippe des Drachen lag.

Nach vier Stunden machten sie ihre erste Rast, saßen im Halbkreis beisammen und berieten ihr Vorgehen. Sie kamen überein, daß es wenig Mühe kosten konnte, ein Bad im Drachenblut zu nehmen, denn die Bestie selbst war tot, und wer sollte ihnen den Wunsch verwehren? Sie aßen ein wenig von der Wegzehrung, die Obbo ihnen eingepackt hatte, dann setzten sie ihre Reise fort.

Am Abend, die Sonne war bereits hinter den Bergen verschwunden, stöhnte Alberich: »Nicht mehr lange, und ich schlafe im Gehen ein.«

Löwenzahn nickte. »Es ist Zeit, unser Nachtlager aufzuschlagen.«

»Laßt uns ein wenig abseits der Straße haltmachen«, riet Mütterchen. »Wer weiß, welches Gesindel sich in der Dunkelheit herumtreibt.«

»Hunnen vielleicht«, sagte Alberich giftig. »Oder Räuber.«

»Unser Zwerg wird sie mit seiner Prahlerei schon in die Flucht schlagen«, flüsterte Mütterchen Löwenzahn zu.

Alberich hatte es sehr wohl vernommen, denn seine Ohren waren scharf, aber er verzichtete auf eine offene Antwort. Statt dessen murmelte er einmal mehr etwas Unverständliches in seinen Bart.

Später, an einem kleinen Lagerfeuer, hockten sie unterm Sternenhimmel und lauschten eine Weile schweigend auf das Wispern der Strömung und die leisen Seufzer des Windes im Geäst. Aus dem Unterholz erklang dann und wann der Schrei eines Nachttieres. Das Pony stand nah beim Feuer und schlief, ohne sich niederzulegen. Löwenzahn stopfte sich einen Maiskuchen nach dem anderen in den Mund, sein Schmatzen war ohrenbetäubend.

Schließlich, als alle schon einzunicken drohten, stimmte Mütterchen Mitternacht mit rauher Kehle ein Räuberlied an:

In des düstren Waldes Tiefen,
Im Gebüsche tief versteckt,
Schlummert Rohland, bis der Bande
Lauter Jubelruf ihn weckt.

Und der löwenkühne Räuber
Hört die Bande und erwacht;
Alles lauscht auf seine Pläne,
Die die Raub- und Mordgier macht.

Vivat! Unser Hauptmann lebe!
Jubelt die verwegne Schar,
Tapfer laßt uns ihn beschützen,
Ihn nicht lassen in Gefahr.

Laßt uns rauben, morden, brennen!
Tönt es. Alles rief: Es sei!
Doppelt gab das Echo wieder
Dieser Räuber Feldgeschrei.

Laßt uns nicht des Greises schonen
Nicht des Säuglings an der Brust!
In der Mutter Händeringen
Laßt uns finden unsre Lust.

Schrecklich, wütend und verheerend
Hauste die Tyrannenbrut.
Ach, es tränkte alle Fluren
Der gefallnen Opfer Blut.

Kirchen, sowie stille Klöster
Wurden – was man kaum geglaubt –
Von der Räuber frechen Händen
Ganz entweiht, zerstört, beraubt.

In Palästen wie in Hütten,
Zeigte sich der Raubsucht Spur,
Räuber Rohland war ein Schrecken,
Abscheu jeder Kreatur.

Nach dem letzten Vers brach Mütterchen in heftiges Gelächter aus, das in einen wilden Hustenanfall überging. Löwenzahn und Alberich sahen sich verwundert an, dann schmunzelte der Riese.

»Bist eine feine Sängerin, Mütterchen. Mir scheint, du vermißt das Räuberleben.«

»Darauf kannst du wetten«, erwiderte sie krächzend und zog ihre Decke enger um die knorrigen Schultern. »Ach, was das für Zeiten waren, als die Reichen vor Mütterchen Mitternacht erbebten und der Kampfschrei der meinen die Wälder zum Lodern brachte. Nichts geht über das Räuberdasein und die –«

Alberich unterbrach sie mit einem lauten Hüsteln. »Du hast das Ende deines Liedes vergessen, Mütterchen. Warum verschweigst du uns, wie es Räuber Rohland an den Kragen ging?«

»Weil's keine Rolle spielt«, gab sie barsch zurück.

»Dann laß mich die letzten Strophen für dich singen«, sagte Alberich, und zu Löwenzahns und Mütterchens Überraschung sang er mit klarer, schöner Stimme:

Gute Obrigkeiten dachten
Auf geschickte Pläne nun,
Einhalt diesem Räuberwesen,
Dieser Mörderbrut zu tun.

Und es wurden wackre Truppen
Sie zu fangen ausgesandt.
Aber keiner von der Bande
Kam in dieser Helden Hand.

Endlich drangen tapfre Recken
Tief in einem stillen Tal
Auf die Räuber ein, es fielen
Hundert Krieger an der Zahl.

Bald auch fiel die Räuberrotte
In dem wilden Kampfgewühl.
Rohland mit zehn Schandgesellen
Ward gesetzt ein ander Ziel:

Tief im Kerker und in Ketten

Warteten der Strafe sie,
Die schon bald sie dann erlitten.
Mensch, vergiß dies Beispiel nie!

Als Alberich geendet hatte, rief Mütterchen aus: »Papperlapapp! Nichts sagt das aus über die Herrlichkeit der Räuberei, über die Schönheit des freien Lebens in den Wäldern, über die Freude, von anderen zu nehmen und sich selbst daran zu berauschen.«

Löwenzahn zwinkerte Alberich zu. »Mir scheint, wir sollten unsere Reisegefährten sorgsamer wählen.«

Mütterchen kicherte. »Ich bin alt geworden, viel zu alt, um eine gute Räuberin zu sein. Manchmal denke ich, es wäre besser gewesen, ein Schwertstreich hätte mich in der Blüte der Jugend niedergestreckt, auf dem Höhepunkt meiner Kraft.«

»Zumindest bliebe uns dein Gejammer erspart«, brummte der Zwerg.

»Mit dir nehme ich es dreimal auf, mein Freund«, entgegnete sie, aber es klang nicht feindselig.

Er lachte auf. »Warst nicht du es, die mir zur Unverwundbarkeit verhelfen wollte?«

»Ein Fehler, ohne Zweifel.«

Sodann legten sie sich frohgemut nieder und schliefen bis zum Morgen.

Sonnenstrahlen glitzerten durchs Blätterdach, als Alberich erwachte. Mütterchen kehrte gerade mit dem Pony vom Fluß zurück, wo sie das Tier hatte trinken lassen.

»Wir sollten ihm einen Namen geben«, sagte sie.

»Dem Pony?«

»Dem Lagerfeuer, Dummkopf. *Natürlich* dem Pony.«

»Sicherlich hat es schon einen von Obbo bekommen.«

»Er hat ihn uns nicht genannt.«

Alberich seufzte. »Was schlägst du also vor?«

Löwenzahn reckte sich und gähnte. »Wie wär's mit Siegfried?«

»Sehr passend, wirklich«, gab Alberich zurück.

»Ich dachte an Rohland«, sagte Mütterchen.

»Wie dein Räuber?«

»Ein Mann von Ehre.«

»Wie dies Pony.«

Löwenzahn trat vor das Tier und tätschelte ihm die Mähne. »Was sagst du dazu?«

Mütterchen lächelte. »Es ist einverstanden.«

Alberich warf ihr einen schrägen Blick zu. »Woher willst du das wissen?«

»Ich verstehe, was es sagt.«

»Das ist nicht dein Ernst.«

»Aber ja doch«, antwortete sie stolz. »Wenn du dein Leben lang in den Wäldern haust, lernst du solche Dinge.«

»Ich hause mein Leben lang in den Bergen«, knurrte Alberich, »und ich verstehe nicht, was die Steine sich zu sagen haben.«

Mütterchen seufzte betont. »Weil sie nicht reden

können, Zwergenhirn. Aber Tiere sprechen. Und manchmal, nur manchmal, kann ich die Bedeutung verstehen. Keinen Wortlaut, aber ich weiß, was sie mir sagen wollen.«

»Und das Pony sagte ›Nenn mich Rohland‹?«

»So ungefähr.«

Löwenzahn schulterte seinen Rucksack und zog die Riemen straff. »Laß ihr doch ihren Willen, Zwergling. Welche Bedeutung hat es, ob das Pony einen Namen hat oder nicht?«

Ehe Alberich sich über die neuerliche Anrede »Zwergling« erregen konnte, stieß das Pony ein empörtes Schnauben aus. Ob es verstanden hatte, was Löwenzahn gesagt hatte, oder ob es ein Zufall war, blieb ungewiß. Mütterchen zumindest schien sicher zu sein, daß die Bemerkung des Riesen das Tier verärgert hatte, und sie schalt ihn heftig für seine Leichtfertigkeit.

Sie brachen auf und folgten weiterhin dem Weg nach Norden. Schon nach kurzer Zeit schlängelte er sich linker Hand bis ans Ufer heran, so daß auf der einen Seite der Rhein floß, die andere von dunklem Gehölz beschattet wurde.

Alle hingen ihren Gedanken nach, bis Löwenzahn sagte: »Habt ihr je von den Nordmännern gehört, die sich vor dem Kampf ihre Bärte anzünden?«

»Wieso sollte jemand das tun?« fragte Alberich zweifelnd und faßte sich gleich an seinen eigenen Bart. Er war sein ganzer Stolz, über viele Jahrzehnte gehegt und gepflegt.

»Um dem Feind Furcht einzujagen«, erklärte der Riese voller Bewunderung. »Mit brennenden Gesichtern stürmen sie auf ihre Gegner ein, und jeder hält sie für Kreaturen aus Hels schwarzen Schlunden.«

»Du bist ein Hunne und glaubst an Hel?« fragte Mütterchen erstaunt.

»Ich sagte dir doch, meine Mutter war eine Frau wie du, aus diesem Land. Sie zog mich auf, nicht mein Vater, und ihr Glaube ist es, dem ich folge. Keinem anderen, auch nicht dem des Christenheilands. Kein Platz ist in seiner Predigt für Krieger wie uns.«

Dem stimmten alle zu. Nach einer Weile fragte Löwenzahn:

»Sag, Alberich, was hat es mit dieser Tarnkappe auf sich, die dein war? Ich hörte nur, daß sie ihren Träger unsichtbar macht.«

Alberich verzog das Gesicht. Der Gedanke an den Diebstahl schmerzte ihn noch immer. »Sie ist ein Teil der alten Zwergenmagie, aus einer Zeit, als die Zwerge noch ein Volk des Nebels waren. Mit dem Nebel dampften sie am Morgen aus Wiesen und Tälern, und in Nebel vermochten sie sich zu verwandeln, wenn Feinde drohten, oder einfach wenn ihnen danach war. Lange schon hat mein Volk diese Fähigkeit verloren, aber die Tarnkappe stammt noch aus jenen alten Tagen. Sie vermag ihren Träger für die Augen anderer in feinen Dunst zu verwandeln, macht ihn vollkommen unsichtbar.« Er schnaubte zornig. »Und nun fiel sie in die Hände des Xanteners, eines Menschen! Durch meine Schuld, noch dazu!« Er wandte den Blick ab, aus Furcht, die anderen könnten die Tränen sehen, die in seinen Augen blitzten. Seine Niederlage hatte den Verlust eines der größten Schätze des alten Zwergenreiches mit sich gebracht. Verluste wie dieser trugen die Schuld, daß die Erinnerung an die Zwerge mehr und mehr aus der Welt verschwand. Irgendwann würden sie völlig vergessen sein, nichts als ein Schemen in der Geschichte, der Stoff von Legenden und Ammenmärchen.

»Gräme dich nicht«, sagte Mütterchen mitfühlend, reichte Löwenzahn die Zügel des Ponys und legte eine Hand auf Alberichs Schulter. »Es ist nicht deine Schuld, daß der Zauber vergeht.«

Der Zwerg starrte betrübt zu Boden. »Kommende Generationen werden Alberich verspotten als denjenigen, der die Magie der Zwerge an einen Menschen verlor. Und sie werden recht haben mit ihrem Urteil.«

»Nein«, widersprach Mütterchen, »denn eure Magie ist lange schon dahin. Die Tarnkappe war nichts als ein Schatten eurer einstigen Macht. Aber es heißt, hoch oben im Norden ist der alte Zauber noch immer lebendig, in den Tiefen der eisigen Berge, wo dein Volk noch immer so mächtig ist wie früher.«

»Eines Tages werde ich dorthin gehen«, sagte Alberich kummervoll.

»Tu das, mein Freund. Aber erst erfülle deine Pflicht. Hüte den Hort des Nibelung. Und stärke dich mit der Kraft des Drachenblutes.«

Alberich sah zu ihr auf. »Ich danke dir, Freundin Mütterchen. Ich danke dir von tiefstem Herzen.«

Sie lächelte ihn an, und selbst Löwenzahn schwieg und trauerte im stillen. Trauerte um das versunkene Zwergengeschlecht vom Rhein.

Gegen Abend zog ein Gewitter auf. Im Osten über den Bergen erlosch das Licht, nur ein fahles Glimmen lag noch um die Bergkuppen und windgebeugten Wipfel der Wälder. Der Himmel wurde so dunkel, als hätte das Tageslicht ganz unverhofft seine ewige Schlacht gegen das Nachtschwarz verloren. Stürme jagten die Hänge herab und fuhren knirschend ins Gehölz. Das Wasser des Rheins schlug hohe Wogen und wurde weit über das Ufer gepeitscht.

Die Gefährten suchten Schutz im dichten Tann, zwischen stechenden Nadelhölzern, die auch den letzten Rest von Licht aussperrten. Rohland, das Pony, litt von allen am meisten, denn es mußte bei seiner Größe die meisten Stiche und Kratzer ertragen. Zudem ängstigte es sich vor all dem Donnern und Blitzen fast zu Tode. Mütterchen hatte ihre dürren Arme um Rohlands Hals gelegt und flüsterte ihm beruhigend ins Ohr. Die anderen aber zweifelten, ob das Tier die Worte bei diesem Lärm überhaupt hören, geschweige denn verstehen konnte.

Die Blitze zuckten immer häufiger, und das Donnern wurde zeitweise so laut, daß sie sich die Ohren zuhielten. Über die Himmelssplitter, die sie durch die Zweige erkennen konnten, zogen riesigen Wolkenburgen, und immer wieder sah es aus, als jagten Wesen hoch oben durch die Dunkelheit. Da waren Formen, die ähnelten Pferden und Reitern, und Löwenzahn murmelte ehrfürchtig:

»Die Wilde Jagd! Es ist die Wilde Jagd! Wodan führt seine Jäger an.«

Sie rückten enger aneinander. Mit göttlicher Willkür war nicht zu scherzen, das wußte ein jeder, und falls es wirklich Wodan war, der seine Jäger im wilden Himmelsritt über die Berge führte, dann war es angebracht, sich zu verstecken.

Plötzlich rief Mütterchen: »Seht doch, dort draußen!«

Zwerg und Riese folgten ihrem ausgestreckten Arm, der hinaus auf den Weg wies.

Eine Gestalt, kaum mehr als eine Silhouette, stemmte sich gebeugt gegen den Sturm. Sie war in einen bodenlangen grauen Mantel gehüllt und hatte eine spitze Kapuze über den Kopf geschlagen. Der Schein eines Blitzes zuckte über das Gesicht des Mannes. Ein schwarzes Band bedeckte sein linkes, blindes Auge. Ein buschiger Halsschmuck aus schwarzen Rabenfedern flatterte lautstark im Wind. Sie alle erbebten bei diesem Anblick.

Es war Wodan, der einäugige Gott, der oberste der Götter selbst, daran konnte es keinen Zweifel geben.

Kein Mensch würde bei diesem Sturm seinen Weg fortsetzen, erst recht nicht, wenn die Wilde Jagd über den Himmel zog. Die Rabenfedern taten ein übriges, die Gefährten zu überzeugen, denn Raben waren des Gottes liebste Tiere.

Gebannt sahen sie der Gestalt nach, wie sie mühevoll gegen den Sturm ankämpfte und sich langsam nach Norden bewegte, auf demselben Weg, den auch sie nehmen würden. Wenig später war sie hinter den Bäumen verschwunden.

Der Schreck saß ihnen allen tief in den Knochen. Keiner rührte sich oder sagte ein Wort, bis wenig später der Sturm auf einen Schlag verebbte, und die Wilde Jagd vom Himmel verschwand. Noch immer herrschte Dämmerlicht, diffus und seltsam unwirklich, aber allmählich faßten die Freunde neuen Mut.

Mütterchen war die erste, die hinaus auf den Weg trat. Sie zog Rohland am Zügel mit sich. Das Pony schien höchst erfreut, dem stacheligen Gestrüpp entrinnen zu können, denn es wieherte vergnügt. Alberich war der nächste, der ins Freie kletterte, dann erst folgte Löwenzahn der Grausame. Unsicher blickte er den Weg entlang, ob der finstere Gott auf sie lauerte; doch die Gestalt, so sie denn wirklich dagewesen war, blieb verschwunden.

Mürrisch und wortkarg setzten sie ihren Weg fort. Sie zogen es vor, nicht mehr über die Erscheinung zu sprechen. Die Begegnung mit dem Gott mochte ein böses Omen sein, und sie zurück in ihre Erinnerung zu rufen würde die Sache nur noch schlimmer machen. Am besten war es wohl, den Vorfall gänzlich zu vergessen.

Sie wanderten bis lange nach Sonnenuntergang, dann erst suchten sie sich einen Platz für die Nacht. Diesmal, so entschieden sie, wollten sie nacheinander Wache halten, und die Reihe nahm ihren Anfang bei Alberich. Düster starrte er hinaus in die Dunkelheit, lauschte auf Löwenzahns Schnarchen, beobachtete im Feuerschein Mütterchens Gesicht und fand, daß sie im Schlaf noch älter aussah. Erstaunlich, wie wenig Mühe ihr der lange Marsch bereitete. Alberich war viel länger auf der Welt als sie, aber sie war nur ein Mensch, und dafür geradezu unglaublich rüstig. Er war froh, sie zur Freundin zu haben.

Nach einer Weile weckte er Löwenzahn und legte sich selbst zur Ruhe. Er träumte vom Hort und vom Rabengott, und immer wieder loderten Flammen durch seinen Schlaf. Einmal erwachte er und fragte sich, ob sie das alles nicht zu leichtnahmen. Doch bevor er noch eine Antwort finden konnte, war er abermals eingeschlafen, und am Morgen hatte er seine Zweifel verdrängt.

Am dritten Tag fanden sie den Sterbenden.

Mütterchen sagte gerade: »Mein Vorrat an Pfeifenkraut geht dem Ende entgegen.« Sie hatte viel geraucht, seit sie aufgebrochen waren, viel mehr als üblich. »Ich frage mich, wann wir zum nächsten Gasthaus kommen.«

Plötzlich deutete Löwenzahn mit dem Finger ans Ufer und sagte: »Da liegt jemand.«

Sogleich eilten sie vorwärts. Das Land fiel hier als schmaler Kiesstrand zum Wasser hin ab, und dort, inmitten eines Wirrwarrs aus Wasserpflanzen, war ein Mann angeschwemmt worden. Seine Kleidung war zerrissen, beinahe bis zur Nacktheit, und seine Augen blinzelten blicklos zur Sonne empor. Um seinen Hals hing an einem Lederband ein mächtiges Horn. Er war dunkelhaarig, noch jung, und obgleich das Wasser sein Blut abgewaschen hatten, entdeckten sie doch auf den ersten Blick die furchtbare Wunde, die seine linke Schulter gespalten hatte. Die Verletzung mußte von einer Axt oder einem Breitschwert stammen.

»Er lebt noch«, stellte Mütterchen fest, die sich als erste über ihn beugte.

»Nicht mehr lange, so wie's aussieht«, bemerkte Löwenzahn trocken.

»Helft mir, ihn aus dem Wasser zu ziehen.« Mütterchen zerrte an seinen Armen. Ein Stöhnen entfuhr den bebenden Lippen des Mannes.

Löwenzahn drängte Mütterchen und Alberich beiseite und hob den Mann auf wie ein kleines Kind, quer über beide Arme. Dann ging er zurück zum Wegrand und legte den Sterbenden ins weiche Gras.

Alberich beäugte das alles mit zweifelnden Blicken.

Der Mann war des Todes, das war leicht zu erkennen, und jeder Augenblick, den sie hier zubrachten, war verschwendete Zeit. Trotzdem öffnete Alberich seinen Wasserschlauch und wollte ihn dem Mann an die Lippen führen. Mütterchen aber stieß ihn beiseite.

»Wasser hat er wahrlich genug bekommen, Dummkopf. Wer weiß, wie lange er im Wasser gelegen hat.«

Mit beleidigter Miene steckte Alberich den Schlauch wieder weg und verlegte sich fortan auf leises Gebrummel. Mit gerümpfter Nase sah er zu, wie Mütterchen auf die Brust des Mannes preßte, als könne sie so das Wasser aus seinen Lungen pumpen. Pure Zeitverschwendung.

Der Sterbende öffnete plötzlich den Mund und formte ein Wort. Keiner verstand, was er sagen wollte. Noch einmal versuchte er es, und diesmal hörten es alle.

»... Drache ...«

Sogleich beugten sich die drei über ihn und sprachen wirr auf ihn ein. In dem Durcheinander war nichts mehr zu verstehen, bis Mütterchen zornig ausrief:

»Seid still, verdammt! Laßt ihn doch sprechen!«

Alberich und Löwenzahn verstummten schuldbewußt und lauschten.

»Drache«, keuchte der Mann zum zweiten Mal und starrte immer noch geradewegs in die Sonne. Seine Lider zitterten. »Nicht weit ...«

Sie horchten angestrengter, aber jetzt schwieg der

Mann, und es dauerte nur wenige Augenblicke, da schnappte er zum letztenmal nach Luft und starb.

Die drei sahen sich über seine Leiche hinweg an.

»Hättest du ihn nicht ein wenig länger am Leben halten können?« knurrte Alberich vorwurfsvoll in Mütterchens Richtung.

Die Räuberin funkelte ihn wütend an. »Ich bin kein Medicus. Ich verstehe mehr vom Töten als vom Heilen.«

»Das haben wir gesehen«, klagte Alberich. »So wie du auf seine Brust gedrückt hast, konnte er ja nicht –«

»He!« keifte sie zurück. »Halt dich zurück, Alberich Horthüter.«

Löwenzahn hatte dem Toten derweil das Horn abgenommen. Neugierig betrachtete er es von allen Seiten. Dann setzte er das spitze Ende an die Lippen und stieß hinein. Wasser spritzte aus der vorderen Öffnung – genau in Alberichs Gesicht –, gefolgt von einem kümmerlichen Mißton.

»Gib mal her!« fauchte der Zwerg, der sich mit solchen Dingen auskannte.

»Unser Horthüter ist ein rechter Spielmann«, bemerkte Löwenzahn eingeschnappt, reichte Alberich aber das Horn.

Der blickte mit einem Auge hinein, schüttelte das verbliebende Wasser hinaus und führte es dann zum Mund.

Ein Ton, der selbst die Götter aus ihrem Schlaf reißen mußte, quoll zäh aus dem Horn. Plötzlich wanden sich Mütterchen und Löwenzahn mit schmerzverzerrten Gesichtern am Boden, ihre Hände auf die Ohren gepreßt.

Alberich ließ erstaunt von dem Horn ab und starrte sie an. »So schlimm war es nun auch nicht.«

Mütterchens Augen waren blutunterlaufen, als sie ihn in maßloser Verwirrung anstarrte. Da erst begriff er, daß sie echten, körperlichen Schmerz empfunden hatte. Der Klang des Horns *tat weh*.

»Tu das nie wieder...«, stöhnte sie.

»Bei allen Göttern«, stieß Löwenzahn hervor, »was war das?«

Alberich sah verwundert seine Gefährten an, dann das Horn, und schon setzte er es erneut an die Lippen, um seine Wirkung noch einmal zu erproben, als Mütterchen es ihm mit einer blitzschnellen Bewegung aus der Hand schlug. Es landete auf der weißen Brust des Toten.

»Hör auf damit!« schrie sie ihn an. »Es ist wie ein Messerstich ins Ohr.«

»Ein Messerstich?« stammelte Alberich verstört.

»Ein magisches Horn«, sagte Löwenzahn und nahm es ehrfürchtig in beide Hände. »Sein Klang kann töten.«

Alberich runzelte zweifelnd die Stirn. »Davon habe ich nichts bemerkt.«

»Du hast es ja auch benutzt«, nörgelte Mütterchen und hielt sich den Schädel. »Solcherlei Magie wirkt nie auf den, der sie anwendet. Nur auf andere.«

»Vielleicht war es nur ein schräger Ton ...«, schlug der Zwerg mit schwacher Stimme vor.

»Ein schräger Ton?« fragte Mütterchen und lachte bitter. »Nicht einmal du könntest so schräg spielen, daß man Schmerzen verspürt. Nicht solche Schmerzen.«

»Wir sollten es mitnehmen«, sagte Löwenzahn und strich sachte über die Oberfläche des Horns. Es war so lang wie Alberichs Arm, gekrümmt und von gelblichweißer Farbe.

»Von welchem Tier soll das stammen?« fragte er verwundert.

Alberich funkelte ihn an. »Von einem Hornochsen, vielleicht.«

Die Bemerkung ging fehl, denn Löwenzahns Aufmerksamkeit war gänzlich auf das Instrument gerichtet.

»Es sieht nicht aus wie ein gewöhnliches Horn«, sagte er. »Es ist zu glatt, fast wie ...« Er zögerte.

»Wie was?« wollte Alberich wissen.

»Wie ein Zahn.«

»Ein *Zahn?*«

Löwenzahn nickte. »Die Wände sind auch dicker als bei einem üblichen Horn. Jemand hat sich sehr viel Mühe gegeben, es auszuhöhlen.«

Alberich hatte erhebliche Zweifel an dieser Vermutung. »Was für eine Bestie soll solche Zähne haben?«

Mütterchen Mitternacht trat neben den Krieger und ließ ihre Finger über das Horn gleiten. »Darauf brauchst du doch nicht wirklich eine Antwort, oder?«

Alberich sog scharf die Luft ein. »Meint ihr, jemand macht sich an unserem Drachen zu schaffen?«

»Ich fürchte, dieser Jemand wird deine Meinung, daß es unser Drache ist, nicht teilen.« Mütterchen nahm das Horn aus Löwenzahns Pranken, stieg über den Toten hinweg und hielt es Alberich hin.

»Nimm du es, wenn du wirklich damit umgehen kannst. Wer weiß, wofür es noch gut ist. Aber versprich mir, niemals, niemals wieder hineinzustoßen, ohne uns zu warnen!«

Alberich brummte einen tonlosen Fluch, dann nahm er das Horn und hängte es sich an dem Lederband um den Hals. Er deutete auf den Toten. »Was machen wir mit ihm?«

»Willst du ihn begraben?« fragte Mütterchen.

Alberich grinste. »Ich dachte dabei an den Stärksten von uns dreien, den grausamsten und furchtlosesten Recken, den die Welt –«

»Ja, ja«, knurrte Löwenzahn. »Ich begrabe ihn, wenn ihr unbedingt wollt.«

Mütterchen schüttelte den Kopf. »Dazu bleibt keine Zeit. Die Räuberhorden werden schon zum Hohlen Berg ziehen. Wir dürfen keine Zeit verlieren.«

Da nahm der Riese den Leichnam wieder auf und trug ihn tiefer ins Unterholz. Er faltete die Hände des Toten auf dessen Brust, dann legte er ein paar Äste und Blattwedel über ihn. »Das ist das Würdevollste, was wir für dich tun können«, raunte er ihm zu, dann ging er zurück zu den anderen.

Als sie ihren Weg fortsetzten, sagte Alberich: »Wir sollten ein wenig achtsamer sein. Wer weiß, ob derjenige, der den armen Kerl erschlagen hat, nicht ganz in unserer Nähe lauert.«

Sie kamen überein, sich noch näher am Waldrand zu halten, obgleich allen klar war, daß ihnen die Bäume nur von einer Seite her Schutz boten, während sie von vorne, von hinten und vor allem vom anderen Ufer aus deutlich zu sehen sein mußten.

»Habt ihr auch verstanden, daß er ›nicht weit‹ sagte?« fragte Mütterchen nach einer Weile.

»Ja«, bestätigte Löwenzahn. »Hat er damit den Drachen gemeint?«

»Das scheint mir naheliegend«, meinte Mütterchen Mitternacht.

»Naheliegend, naheliegend«, äffte der Zwerg sie nach. »Naheliegend ist auch, daß wir aus dem Hinterhalt überfallen und niedergemacht werden.«

Wütend wandte die Räuberin sich zu ihm um. »Wäre ich noch Wegelagerer, würde ich das in der Tat tun«, zischte sie giftig. »Dein goldener Helm und die goldene Brünne sind ja weithin zu erkennen.«

Alberich faßte sich empört an den Helm. »Das ist Albengold, die Rüstung meiner Ahnen. Wie kannst du glauben, ich würde ohne sie in den Kampf ziehen?«

»Etwas weniger Auffälliges bekäme uns wahrscheinlich besser.«

»Ihr Menschen habt keinen Sinn für Tradition.«

»Tradition, die mich tötet, bedeutet mir allerdings wenig.«

Wieder entspann sich ein heftiger Zank zwischen den beiden. Alberich wollte nicht von seiner Überzeugung weichen. In der Schlacht würde Mütterchen schon sehen, welch erbärmlichen Schutz ihr Waldläuferwams ihr bieten würde. Wenigstens der Hunne war in dieser Hinsicht verständiger. Sein Fell- und Schuppenpanzer sah äußerst wirkungsvoll aus.

Löwenzahn hörte dem Gezänk der beiden stumm zu, und nur dann und wann verzog sich sein breites Gesicht in einem Anflug von Heiterkeit oder Schadenfreude.

Ein halber Tag verging, während sie weiter dem Uferweg folgten. Die Vögel zwitscherten im Geäst, und gelegentlich paddelte eine Entensippe den Strom hinab. Ein tiefer Friede lag über der Landschaft, weit und breit war kein Mensch zu sehen.

»Ist euch schon aufgefallen, daß es keine Boote auf dem Rhein gibt?« fragte Löwenzahn mit einemmal.

Mütterchen und Alberich ließen von ihren Sticheleien ab und sahen ihn an.

»Du hast recht«, sagte die Räuberin verwundert. Seit Anbeginn ihre Reise war ihnen kein einziges Fischerboot begegnet. Auch Flößer, die Holz flußabwärts in die baumlosen Länder brachten, waren nirgends zu sehen. »Es ist fast, als fürchteten sie sich vor etwas.«

»Vor dem Fluß?« fragte der Krieger stumpfsinnig.

Mütterchen hob die Schultern. »Oder vor etwas an seinem Ufer.«

»Was kann das sein? Der Drache ist doch tot«, sagte Löwenzahn.

»Ich habe das üble Gefühl, wir werden es noch in Erfahrung bringen.«

Alberich blieb stehen. »Dann laßt uns endlich den Weg verlassen und durch die Wälder ziehen.«

»Das wird Zeit kosten«, gab Mütterchen zu bedenken.

»Alles andere mag unser *Leben* kosten«, entgegnete Albrich schnippisch.

Die Räuberin zuckte mit den Achseln. »Es ist dein Hort.«

Löwenzahn mischte sich ein. »Und unser aller Leben.«

Damit war es beschlossene Sache. Sie schlugen sich vom Weg nach rechts, fünzig, sechzig Schritt weit in die Wälder. Das Gelände stieg sanft bergan, und die Berge, die den Rhein rechts und links flankierten, rückten näher ans Flußbett. Der Boden wurde steiniger und steiler, und immer wieder mußten sie kleineren Schluchten und Spalten ausweichen. Felsnadeln wuchsen aus dem Waldboden empor, und vor allem das Pony hatte oft unter dem zerfurchten Grund zu leiden.

Es dämmerte bereits, als sie von einer Lichtung aus einen merkwürdigen Felskamm erblickten. Er erstreckte sich in einem weiten Bogen von den Bergen zu ihrer Rechten bis zum Ufer und versperrte ihnen somit den Weg. Seine steilen Hänge waren noch mehr als tausend Schritte entfernt, aber selbst aus der Entfernung wirkten die zerklüfftenen Spitzen bedrohlich und angsteinflößend. Alles in allem mußten sie an die zweihundert Mannslängen hoch sein, fast ein kleines Gebirge. Dabei waren die schroffen Felsgipfel auffallend regelmäßig angeordnet, eine nahezu vollkommene Reihe aus scharfen schwarzen Spitzen. Ihnen allen kam bei diesem Anblick der gleiche Gedanke: Es sah aus wie –

»Der Rücken eines Drachen!« stieß Löwenzahn aus.

»So groß?« Alberich stockte der Atem.

»Es sind nur Felsen«, beruhigte sie Mütterchen. »Ich kenne sie, ich war früher schon hier. Es stimmt, sie sehen aus wie die Zacken auf dem Rücken eines Lindwurms, aber tatsächlich gibt es dort nichts, das wir fürchten müßten.«

Alberich hatte Zweifel. »Wie lange ist es her, daß du hier warst? Hundert Jahre?«

»Hundert Jahre?« rief sie empört. »Für wie alt hältst du mich, Zwerg?«

Tatsächlich hatte er übersehen, daß hohes Alter bei Menschen – anders als bei Zwergen – nichts ist, mit dem man prahlt. Zudem hatte er nicht bedacht, daß das Große Volk keineswegs so lange lebte wie die steinalten Zwerge.

»Neunzig, vielleicht?« schränkte er kleinlaut ein.

Mütterchen hielt es für unter ihrer Würde, darauf zu antworten, und wandte sich statt dessen wieder dem seltsamen Felskamm zu. »Laßt uns weitergehen. Und stellt euch nicht an wie Hasenfüße.«

»Wohlan denn!« seufzte Löwenzahn und setzte seine Muskelmassen in Bewegung.

Auch Alberich folgte. Gemeinsam tauchten sie wieder unter das Blätterdach der Baumkronen, und die unheilvollen Felsspitzen verschwanden aus ihrem Blickfeld. Trotzdem war ihnen allen nicht wohl zumute, nicht einmal Mütterchen, die sich hier auskannte.

»Einst versteckte sich meine Bande in diesen Felsen vor Verfolgern«, erzählte sie, und die Besinnung auf Vergangenes ließ ihre Augen leuchten. »Ich führte meine Leute in eine Höhle, wo unsere Feinde uns nicht finden konnten. Nachdem sie vorübergezogen waren, stürmten wir hinaus und überfielen sie von hinten. Keiner von ihnen hat überlebt.«

»Wie ehrenvoll«, bemerkte Alberich bissig.

»Wir waren *Räuber*, mein Freund«, entgegnete Mütterchen ruhig. Die Erinnerung stimmte sie sanftmütig. An einem neuerlichen Wortgeplänkel lag ihr nichts. »Aber ich sage euch, diese Felsen eignen sich besser als Versteck als jeder andere Ort, den ich kenne.«

»Und zum Hinterhalt«, sagte Löwenzahn.

Bald schon wurde der Boden noch unwegsamer, und sie standen vor der Entscheidung, die Felswände hinaufzuklettern und das Pony zurückzulassen oder aber einen Pfad zu suchen, der, so es hier wirklich Wegelagerer gab, von diesen überwacht wurde.

Mütterches Fürsprache war es zu verdanken, daß sie sich für die zweite Möglichkeit entschieden, denn die Räuberin achtete das Tier mehr und mehr als gleichwertiges Mitglied ihrer Gruppe. Mochten die anderen darüber lachen und schimpfen, sie aber stand zu Rohland, als sei er ihr teuerster Freund.

Sie wandten sich nach Westen in Richtung des Flußufers, und tatsächlich stießen sie schon bald auf einen Hohlweg, der sich zwischen hohen Felswänden und vornübergebeugten Bäumen hinauf zu den Gipfeln schlängelte.

»Es ist ein Fehler«, murmelte Alberich immer wieder zu sich selbst, »ein schlimmer Fehler.«

Zu ihrer Überraschung aber stellte sich ihnen niemand in den Weg, der Landstrich schien vollkommen menschenleer. Der Pfad endete in einem höhergelegenen Waldstück, wo sie ihren Weg aufgrund des besseren Geländes frei wählen konnten. Sie schlugen sich links ins Unterholz – sie wollten das Schicksal nicht gar zu offen herausfordern – und stiegen im Verborgenen weiter nach oben.

Plötzlich hielt Alberich inne, kniff die Augen zusammen und starrte angestrengt zu den Felstürmen empor.

»Seht, da sind Männer!« flüsterte er.

Ihre Blicke folgten seiner ausgestreckten Hand, und

tatsächlich, da waren sie. Mindestens ein halbes Dutzend Krieger, auf dem oberen Felskamm verteilt. Gegen das Glutrot der untergehenden Sonne waren sie nicht mehr als schwarze Scherenschnitte, mit mächtigen Helmen und Brustharnischen, gestützt auf Hellebarden und Schwerter. Ihre weiten Umhänge flatterten im Abendwind, der flüsternd um die Felsklüfte strich.

»Da sind noch mehr«, sagte Löwenzahn leise und zeigte nach rechts und links. Die gesamte Felsenkette wurde von einer langen Reihe von Kriegern bewacht. Von den unteren Hängen aus waren sie nicht zu erkennen gewesen, nur ein paar weitere Erhebungen in der Schroffheit der Felsen; jetzt aber, von nahem, gab es keinen Zweifel, daß das gesamte Gelände streng bewacht wurde.

So leise wie möglich schlichen die Gefährten näher. Mütterchen schärfte dem Pony flüsternd ein, keinen Ton von sich zu geben, und Rohland hielt sich daran. Sogar seine Hufe verursachten kaum einen Laut. Alberich mußte sich eingestehen, daß Mütterchens Einfluß auf das Tier erstaunlich war.

Die Felswände der oberen Gipfel stiegen steil wie Burgmauern nach oben. Strickleitern und natürliche Treppenformationen erlaubten den Kriegern, auf ihre Aussichtsposten zu steigen. Sie würden eine Weile brauchen, um wieder nach unten zu klettern. Das mochte es den Gefährten ermöglichen, unbescholten über den Paß zu gelangen.

»Fällt euch etwas auf?« raunte Alberich plötzlich. Er besaß, trotz seines Alters, von allen die schärfsten Augen.

Die beiden anderen blieben stehen. Angestrengt blickten sie auf zu den Umrissen der Wächter.

»Was soll uns auffallen?« fragte Mütterchen unwirsch. Sie wollte so schnell wie möglich von hier verschwinden und hatte keinen Sinn fürs Rätselraten.

Alberich grinste. »Sie blicken in die andere Richtung«, sagte er.

Noch einmal blinzelten Löwenzahn und Mütterchen nach oben. Sie sahen nichts als schwarze Formen, ohne Tiefe, ohne Gesicht.

»Tun sie das?« fragte Löwenzahn schwerfällig.

»Ja, Schwachkopf«, gab Alberich zurück, stolz auf seine Entdeckung. »Sie bewachen die andere Seite der Felsen, nicht diese hier.«

»Das kann zweierlei bedeuten«, folgerte Mütterchen schnell. »Entweder befinden wir uns bereits mitten in dem Gebiet, das sie vor Gegnern beschützen wollen; dann aber hätten wir bereits vorher auf Wächter stoßen müssen, die Reisende aus der anderen Richtung abwehren.«

»Und die zweite Möglichkeit?« wollte Löwenzahn wissen.

»Sie wachen über die andere Seite der Felsen, weil sich dort etwas befindet, daß ihnen nicht entkommen soll.«

Löwenzahns Augen weiteten sich. »Der Drache?«

»Ist doch tot«, schnaubte Alberich leise.

»Was sonst?«

Mütterchen seufzte. »Ich fürchte, das werden wir bald herausfinden, ob wir wollen oder nicht. Was immer es ist, es befindet sich auf unserem Weg. Wir können die Felsen nicht im Osten umgehen, das würde Tage dauern. Und den Rhein zu durchschwimmen traut sich wohl keiner von uns zu.«

»Ich kann gar nicht schwimmen«, gestand der Krieger kleinlaut.

Alberich stieß scharf die Luft durch die Nase aus. »Das hat auch keiner von dir angenommen.«

»Wie meinst du das, Zwergling?«

»Nenn mich nicht Zwergling!«

»Und du mich nicht Schwachkopf!«

»Hört schon auf«, rief Mütterchen. »Laßt uns jetzt endlich weitergehen.«

Das taten sie, doch schon wenig später, inmitten eines Labyrinths aus moosüberwucherten Felsnadeln, ließ Alberich sie abermals anhalten. »Ich weiß jetzt, warum sie keinen Wert darauf legen, schnell genug von dort oben herabzusteigen.«

»Verrat es uns«, verlangte Mütterchen gereizt.

Alberich fand Spaß daran, die beiden hinzuhalten. »Einige von ihnen haben sicher Armbrüste«, sagte er. »Aber das kann nicht alles sein.«

»Sondern?«

Er bedeutete ihnen, ihm zu einer Stelle zu folgen,

von der aus sie einen der Wächter zehn Schritte hoch über sich stehen sahen. Die unerwartete Nähe zu einem der Krieger ließ Mütterchen und Löwenzahn aufschrecken. Sie waren fast an dem Mann vorbeigeschlichen und sahen ihn jetzt schräg von vorne. Die Abendsonne tauchte ihn in glühendes Blutrot. Er bemerkte sie nicht, starrte statt dessen auf etwas, das jenseits der Felsen liegen mußte.

Vor seiner Brust baumelte ein Horn, das genauso aussah wie jenes, das sie bei dem Toten gefunden hatten.

Nachdem sie sich wieder zurückgezogen hatten, blickte Mütterchen den Zwerg mit ehrlichem Erstaunen an. »Wie konntest du das von hinten sehen?«

»Konnte ich nicht«, gab er zu. »Aber ich habe es mir gedacht. Was sonst kann diese Männer so selbstsicher machen, daß sie es nicht für nötig erachten, sich hier unten am Weg zu postieren? Mit den Hörnern können sie jeden Wanderer mühelos aufhalten, ohne ihm selbst entgegenzutreten.«

»Aber wenn einer von ihnen ins Horn bläst, müssen die anderen ebenfalls davon betroffen sein. Nur der Benutzer ist geschützt.«

»Allerdings«, erwiderte Alberich. »Vorausgesetzt, sie können ihn hören.«

Löwenzahn sah ihn verständnislos an. »Was soll das nun wieder heißen?«

Alberich wollte antworten, aber Mütterchen kam ihm zuvor: »Natürlich, das ist es. Sie können es nicht hören! Sie haben sich etwas in die Ohren gestopft.«

»Was für Wächter sollen das denn sein?« wunderte sich Löwenzahn. »Wachtposten, die sich die Ohren zustopfen?«

»Deshalb sind es so viele«, sagte Alberich. »Damit ihren Augen nichts entgeht. Verdammt, wenn wir nur sehen könnten, was auf der anderen Seite ist!«

Mütterchen hatte an seiner Schlußfolgerung Zweifel. »Ich weiß nicht«, meinte sie. »Sollten sie nicht, um ganz sicherzugehen, ein paar Späher durch die Felsen streifen lassen? *Ich* an ihrer Stelle würde das tun.«

»Ach, was«, entgegnete Alberich...

Und wurde im selben Augenblick fast von einem gewaltigen Schwerthieb gespalten. Nur Löwenzahn, der den Schlag hatte kommen sehen, war es zu verdanken, daß der Zwerg mit dem Leben davonkam. Der Riese riß seinen Bihänder von der Schulter und parierte klirrend die heranrasende Klinge. Funken ergossen sich über Alberichs Haupt.

Unbeholfen taumelte der Zwerg beiseite. Auch Mütterchen riß ihre Waffe aus der Scheide, um Löwenzahn zur Seite zu stehen. Der aber hatte ihre Hilfe gar nicht mehr nötig, denn ehe die Räuberin heran war, hatte er die Parade bereits in einen geschickten Stoß verwandelt, der die Spitze des Bihänders genau in den Sehschlitz seines Gegners trieb. Solche Wucht hatte die Attacke des Riesen, daß die Schwertspitze an der Rückseite des Helmes wieder herausfuhr. Der Angreifer hing zappelnd wie eine Puppe an Löwenzahns Klinge und war augenblicklich tot. Der Riese ließ den

Leichnam vom Schwert gleiten und strich die Klinge an der Kleidung des zuckenden Toten sauber.

Atemlos und mit geschärften Sinnen standen die Gefährten um den toten Wachtposten, der so unvermittelt zwischen den Felsen aufgetaucht war. Er hatte kein Horn dabei, nur das Schwert und eine kleine, handliche Armbrust. Mütterchen hatte mit ihrer Vermutung rechtbehalten.

»Wo kam der denn her?« fragte Alberich verdattert. »Und was ist das für ein Wappen auf seinem Wams?« Mit zittrigem Zeigefinger deutete er auf ein weißes Dreieck, das auf der Spitze stand und mit allerlei Widerhaken besetzt war.

»Die Wächter auf den Felsen tragen das gleiche«, sagte Mütterchen.

Löwenzahn kratzte sich das verlauste Haar am Hinterkopf. »Sieht aus wie ein Drachenkopf.«

»Natürlich ist es ein Drachenkopf«, entgegnete die Räuberin schroff. Sie versuchte zu lächeln, aber es wirkte fahrig. »Ich schätze, Freund Zwerg, du verdankst Löwenzahn dein Leben.«

Alberich nickte grießgrämig. »Danke«, sagte er knapp.

Der Riese grinste und schwang sein Schwert über die Schulter. »Das war keine große Sache«, gab er zurück, »und nur ein kleines Leben.«

»Was, verflucht, willst du damit –« fuhr Alberich auf, aber Mütterchen brachte ihn mit einem abrupten Wink zum Schweigen.

»Die Kerle oben auf den Felsen mögen uns nicht

hören können«, sagte sie scharf, »aber dieser hier konnte es. Und wer weiß, wie viele von denen sich noch hier herumtreiben. Wir müssen weiter.«

Im Schatten der Felsnadeln, eng an den Stein gepreßt, setzten sie ihren Weg vorsichtig fort. Mütterchen hatte Rohlands Hufe mit Moos und Gras umwikkelt, was das Klappern seiner Schritte dämpfte. Das Pony ließ alles brav über sich ergehen. Mütterchen erwähnte, daß Rohland ihr mit Abstand angenehmster Weggefährte sei. Alberich verzog beleidigt das Gesicht, aber Löwenzahn grinste nur.

Als sich das Gewirr der Felswände lichtete und der Boden allmählich abschüssig wurde, blickten sie sich noch einmal nach ihren Gegnern um. Dabei wagten sie sich gerade soweit ins Licht, daß sie haarscharf um eine Ecke herum einen der Männer beobachten konnten. Zu ihrem Glück starrte der Wächter über sie hinweg.

Alberich legte eine Hand auf das Horn vor seiner Brust. »Wir sollten uns etwas suchen, um uns bei Gefahr die Ohren zu verstopfen.«

Mütterchens Stimme klang neidisch. »Du zumindest bist sicher. Wahrscheinlich mußt du nur hineinstoßen und den Klang der anderen Hörner übertönen.«

»Wer weiß?« gab Alberich zweifelnd zurück. »Ich bin nicht versessen darauf, zu erfahren, was geschieht, wenn sich die Magie zweier Hörner in feindlicher Absicht kreuzt. Lang und grauenvoll sind die Geschichten von Zauberschlachten und dem, was aus ihnen enstanden ist.«

»Du fürchtest, die Magie könne sich verselbstständigen?«

»Ich verstehe nicht viel mehr von solcher Zauberei als du, aber ich weiß, was Zwergenzauber bewirken können. Und wer weiß, ob es mit Drachenmagie nicht ganz ähnlich ist.«

Beunruhigt formten sie sich daraufhin kleine Lehm- und Erdklumpen, wagten jedoch nicht, sie bereits in die Ohren zu stecken, aus Furcht, die Feinde könnten ihnen unbemerkt näher kommen.

Als sie endlich hinter der letzten Felsnadel den Hang hinabschauten, begriffen sie, was die Wächter auf den Gipfeln so selbstsicher und überlegen machte. Es gab keine Bäume auf der anderen Seite des Felskamms, nur eine abschüssige Wiese aus wogendem Gras, die weithin gut zu überblicken war. Jeder, der hier herauf- oder hinunterlief, mußte sofort von den Posten bemerkt werden.

»Und nun?« fragte Alberich verdrossen. Sechshundert Schritt weiter westlich strömte der Rhein im Licht des Sonnenuntergangs wie ein Lavastrom durch die Lande. Sein Verlauf wurde von der anbrechenden Nacht verschleiert.

»Wir warten bis zur Dunkelheit«, schlug Mütterchen vor.

»Bevor es Nacht wird, werden die Kerle von ihren Aussichtsposten steigen«, prophezeite Löwenzahn.

»Wenn wir nur wüßten, was sie bewachen«, sagte Mütterchen nachdenklich. »Könnt ihr jenseits der

Wiese etwas erkennen? Alberich, du hast die besten Augen ...«

Angestrengt starrte er über das Gras hinweg. Es war ein weitläufiger Hang, und sein Ende verschwand in neuerlichem Waldland. Im Dämmerlicht gab es nichts Außergewöhnliches zu entdecken.

Da zischte Löwenzahn: »Dort oben, da ist etwas!«

Anders als seine beiden Gefährten hatten der Riese seinen Blick nach Osten gewandt, nicht hinab ins Tal, sondern weiter hinauf in die Felsen.

Dort ragte, als düsterer Schemen vor dem Abendhimmel, ein hoher Turm auf, bedrohlich wie der Bergfried der mächtigsten Burg. Dieser aber stand für sich allein, umgeben von einer hohen, zinnenbewehrten Mauer.

Das Merkwürdigste war die Menschenschlange, die sich schweigend vom Waldrand bis zum offenen Tor der Felsenfestung erstreckte. Unablässig reichten die Männer und Frauen etwas von einem zum anderen – Eimer, wie es schien. Alberichs erster Gedanke war, daß es innerhalb der Festung brannte, und Löschwasser aus dem Tal zum Turm getragen wurde. Doch der rote Schein, der um die Mauern lag, stammte allein von der untergehenden Sonne. Von einem Feuer war weit und breit nichts zu sehen.

Noch eine weitere Beobachtung wollte nicht zum Bild einer Löschkette passen: Die Menschenschlange wurde von berittenen Kriegern bewacht, die schwerbewaffnet und mit klatschenden Peitschen Obacht gaben, daß nirgends eine Lücke entstand. Mindestens drei Dutzend Krieger patroullierten an der Kette entlang den Hang auf und ab. Immer wieder ließen sie die Lederriemen auf ihre emsigen Opfer herabknallen.

»Deshalb bewachen sie nur die eine Seite der Felsen«, erkannte Mütterchen erschrocken. »Sie geben acht, daß keiner ihrer Sklaven über den Felskamm entkommt. Wanderer aber, die wie wir von der anderen Seite kommen, werden abgefangen und versklavt.«

»Dann war der Mann, den wir fanden, sicher einer, der ihnen entkam«, flüsterte Alberich.

»Er muß einem der Krieger das Horn gestohlen haben.«

Löwenzahn löste seinen Blick von den Arbeitern. »Darum ist der Fluß so leer. Die Krieger versklaven die Flößer.« Anders als Alberich und Mütterchen wirkte der Riese keineswegs entsetzt.

Vielleicht liegt es am Hunnenblut in Löwenzahns Adern, dachte Alberich geringschätzig. Für seinesgleichen waren Sklaven nichts Ungewöhnliches. Dann aber fiel ihm sein eigenes Volk ein, das in den Mienen und Schmieden des Hohlen Berges den Hort geschaffen hatte. War nicht er selbst ein Kind der Sklaverei? Schlimmer noch: Er ergab sich freiwillig seiner Rolle als letzter Sklave der Nibelungen. Treuer Horthüter? Von wegen. Er fügte sich ohne Peitsche in sein Schicksal, kämpfte gar darum, es aufrechtzuerhalten.

Vielleicht hätte er in diesem Moment den Sinn seiner Reise neu überdacht, vielleicht wäre er gar zu dem Schluß gekommen, daß dies der rechte Zeitpunkt war, um kehrtzumachen – wäre nicht plötzlich etwas geschehen, das ihn aus seinen Grübeleien riß.

Hinter ihnen sagte eine Stimme: »Rührt euch nicht von der Stelle!«

Sie wirbelten trotzdem herum – und blickten geradewegs auf acht Drachenkrieger, die Schwerter und Armbrüste auf sie gerichtet hatten. Einer hatte die Zügel des unglücklichen Ponys ergriffen und zog es grob hinter die Reihe der Kämpfer. Die Drachenschädel auf ihren Wappen unterschieden sich deutlich in der Vollendung ihrer Ausführung. Es sah aus, als hätte sie jeder eigenhändig nach einer gemeinsamen Vorlage gezeichnet. Daß kein echter Künstler mit der Herstellung beauftragt worden war, war ein Hinweis darauf, daß das Wappen in aller Eile entstanden war, wahrscheinlich erst nach dem Tod des Untiers.

Löwenzahn stieß einen zornigen Schrei aus und wollte schon den Bihänder schwingen, aber Mütterchen hielt ihn zurück. »Laß ab, Freund, sie sind uns überlegen.«

Die acht Männer trugen Helme, durch deren Sehschlitze nur ihre Augenpartie zu erkennen war. Einer besaß einen schwarzen Helmbusch. Er schien der Anführer der Gruppe zu sein, denn er zeigte auf Alberich und fragte: »Wo habt ihr das her?«

Die Anrede »das« machte Alberich außerordentlich wütend, bis er begriff, daß nicht er, sondern das Horn vor seiner Brust gemeint war. Er ergriff es langsam mit beiden Händen und fragte scheinheilig: »Das hier?«

Der Drachenkrieger nickte. Dabei klirrte sein Helmrand auf den Stahlkragen des Brustpanzers. »Woher hast du es?« fragte er noch einmal. Offenbar nahm er an, daß die drei die Wirkung des Hornes nicht kannten, denn er verlangte nicht, daß sie es herausgaben. Noch nicht.

Alberichs Gedanken überschlugen sich. Er wußte, er gefährdete seine Freunde, aber welche Wahl blieb ihm schon?

Blitzschnell riß er das Horn an die Lippen und stieß mit aller Kraft hinein.

Die Wirkung war spektakulär.

Kaum ertönte der Klang des Hornes, da ließen die Krieger ihre Waffen fallen und schlugen die Hände vor die Ohren – die Schwierigkeit war, daß sie Helme trugen. Die Männer wälzten sich schreiend am Boden, klammerten die Finger um die Helme, unfähig, sie herabzureißen.

Mütterchen und Löwenzahn erging es nicht besser. Auch sie lagen im Gras, schrien und krümmten sich in Agonie.

Alberich nahm das Horn von den Lippen und wollte sich zu Mütterchen herabbeugen, wollte sie auf die Beine ziehen, um gemeinsam mit ihr dem gefallenen Riesen aufzuhelfen. Im selben Augenblick aber zischte etwas an seinem Gesicht vorbei und bohrte sich zwei Schritte neben ihm ins Gras. Ein Armbrustbolzen!

Es gelang ihm gerade noch, die drei Wächter auf den Felsen wahrzunehmen, die auf die Vorgänge am Boden aufmerksam geworden waren. Dann zuckten schon die nächsten Bolzen heran. Einer schlug nur einen Fingerbreit neben Mütterchens Kopf in den Boden, ein anderer verfehlte Alberichs Schulter.

Er hatte keine Wahl. Er mußte fliehen und die Gefährten zurücklassen. Die beiden waren wehrlos, man würde ihnen – hoffentlich – nichts antun. Er aber war so gut wie tot, wenn sie ihn fingen. Falls ihn nicht schon vorher ihre Bolzen durchbohrten.

Hakenschlagend floh Alberich den Hang hinunter. Zahllose Geschosse gruben sich rings um ihn ins Gras. Zum ersten Mal kam ihm seine geringe Größe zugute. Die Wächter hatten sichtliche Schwierigkeiten, ihr kleines, wendiges Ziel zu treffen.

Eine Stahlspitze schrammte an seiner Schulter vorüber, harmlos aber schmerzhaft. Alberich fluchte, rannte jedoch weiter. Das Horn wippte am Lederband auf und ab, die goldene Geißel an seinem Gürtel klimperte wie ein Glockenspiel.

Er hatte etwa die Hälfte der Wiese hinter sich gebracht, als der Pfeilhagel aufhörte. Im Laufen sah er sich um und erkannte den Grund: Eine Horde von Kriegern, acht oder neun, hatte seine Verfolgung aufgenommen. Es waren nicht die Männer von den Felsen, denn sie hatten keine Hörner dabei. Von der fernen Sklavenkette lösten sich mehrere Reiter und gaben ihren Pferden die Sporen. Aus dem Augenwinkel sah Alberich mindestens drei von ihnen, die im Galopp auf ihn zupreschten.

Seine kurzen Beine schmerzten vor Anstrengung, sie waren das Rennen nicht gewohnt. Unter Mühen erreichte er den Waldrand. Die letzten Sonnenstrahlen vermochten das Gebüsch nicht zu durchdringen, zwischen den Bäumen herrschte Dunkelheit. Wenn er seine Gegner ins Unterholz locken und dann noch einmal das Horn benutzen würde ...

Vor ihm teilten sich Büsche und Äste. Zwei Krieger sprangen auf ihn zu. Sie mußten im Wald auf Patrouille gewesen sein. Einer holte mit einer schartigen Axt aus, doch Alberich war schneller. Er ließ die Goldgeißel wirbeln und setzte gleichzeitig unter dem Hieb des Feindes hinweg. Die Axt sauste über ihn hinweg, die Bänder der Geißel schlangen sich um die Beine des Mannes. Alberich riß die Waffe mit einem Ruck nach hinten. Sein Gegner verlor den Halt und stürzte. Der zweite Krieger lernte aus dem Fehler seines Kameraden; statt den Zwerg zu unterschätzen und blindlings auf ihn einzuschlagen, nahm er sorgfältig eine Kampfstellung ein. Seine Augen hinter dem Sehschlitz blickten abwartend, lauerten auf eine Blöße. Damit aber gab er Alberich Zeit, das Horn zu ergreifen. Ein kurzer Stoß hinein, und schon lag der Krieger am Boden.

Es geht zu leicht, dachte Alberich unheilschwanger. Magie forderte oft einen Preis, und fraglos war der Zauber eines Drachen keine Ausnahme. Plötzlich fürchtete er sich vor dem Horn.

Bevor die Männer von der Wiese ihn erreichen konnten, setzte er sich erneut in Bewegung. So schnell er konnte hetzte er weiter, betete zu den Albenvätern, daß keine weiteren Krieger im Unterholz lauerten.

Aber seine Ahnen waren launische Wesen, und es schien ihnen zu gefallen, ihn von einem Unglück ins nächste zu stürzen. Mit einemmal stand er in einer schmalen Schneise im Wald. Die Sklavenkette vom Hang setzte sich hier unten fort, eine endlose Reihe von Menschen, die volle Wassereimer von Hand zu Hand weiterreichte. Wozu, verdammt, wurde all das Wasser in der Festung benötigt?

»He, Zwerg!« brüllte eine Stimme. Ein Krieger, der diesen Abschnitt der Kette bewachte, war auf Alberich aufmerksam geworden. Mit knallender Peitsche jagte er auf ihn zu.

Alberich warf sich herum und tauchte wieder ins Unterholz. Von überall her erklang jetzt das Bersten von Zweigen und Ästen. Er hätte anhalten und abermals ins Horn stoßen können, aber er fürchtete die Folgen; außerdem, wer sagte ihm denn, daß nicht einige der Männer ihre Ohren verstopft hatten? Wenn er jetzt haltmachte, würden sie ihn unweigerlich einholen und zur Strecke bringen.

Ganz in seiner Nähe bellten Hunde. In Gedanken sah er sich schon von scharfen Fängen zerfleischt, als sich der Wald plötzlich lichtete. Rotes Dämmerlicht schimmerte ihm entgegen. Er sprang zwischen den Stämmen hervor, verlor plötzlich den Boden unter den Füßen, stürzte nach vorne – und klatschte ins Wasser. Die Fluten des Rheins drangen von allen Seiten auf ihn ein, sogen ihn nach unten. In einem Wirbel aus Luftblasen tauchte er hinab, wurde von der Strömung gepackt und wieder nach oben gespült. Einen Augenblick lang drang sein Kopf ins Freie, er schnappte nach Atem und sah durch Wasserschlieren, daß die Krieger ihm vom Ufer aus nachblickten. Ob sie weitere Bolzen auf ihn abschossen, konnte er nicht erkennen, denn schon spülte die nächste Woge über ihn hinweg. Die goldene Brünne hätte ihn in die Tiefe gerissen, wäre es ihm nicht geistesgegenwärtig gelungen, ihre Riemen zu lösen. Der funkelnde Panzer trudelte abwärts in die Schwärze. Allein die Geißel hielt Alberich umklammert; sie war nicht schwer genug, ihn nach unten zu ziehen.

Irgendwie hielt er sich lange genug an der Oberfläche, um nicht zu ertrinken. Der Strom trug ihn nach Norden. Noch einmal sah er Menschen am Ufer – das Ende der Sklavenkette –, dann schloß er die Augen und ließ sich treiben.

Einige Zeit verging, in der er nicht wußte, was er tun sollte. Er mußte wieder an Land, natürlich, aber nicht so nah am Gebiet der Drachenkrieger. Vielleicht sollte er erst den Blutsee suchen und darin baden, um dann unverwundbar zurückzukehren und die Freunde zu befreien. Aber was, wenn es den Drachen und sein Blut gar nicht gab? Wenn sie alle einem Gerücht aufgesessen waren?

Nein, dachte er, ich muß sofort umkehren. Das bin ich Mütterchen und Löwenzahn schuldig.

Schließlich glaubte er sich weit genug von seinen

Verfolgern entfernt, um zurück ans Ufer zu paddeln. Atemlos zog er sich auf festen Grund, blieb erschöpft im Schlamm liegen und schlief augenblicklich ein.

Irgendwann ließ der Schmerz nach. Mütterchen schlug die Augen auf und blickte unwillkürlich in das Gesicht des Riesen, der neben ihr am Boden lag. Löwenzahn hatte immer noch beide Hände auf die Ohren gepreßt. Seine Lider flatterten, aus seinem Mundwinkel perlte ein Speichelfaden.

Mütterchen sah sich um. Die Krieger, die sie gestellt hatten, lagen zuckend im Gras. Die Tatsache, daß es ihnen nicht gelungen war, die Helme abzustreifen und sich die Ohren zuzuhalten, hatte dafür gesorgt, daß der Klang des Horns sie weit schlimmer getroffen hatte als Löwenzahn und sie selbst.

Von Alberich war weit und breit keine Spur zu entdecken. Er war geflohen, der Lump! Aber welche Wahl hatte er schon gehabt? Mütterchen mußte sich eingestehen, daß er richtig gehandelt hatte.

Gerade wollte sie sich aufsetzen und Löwenzahn zu Hilfe eilen, als sich etwas Kühles von hinten auf ihre Schulter legte. Eine Schwertklinge!

»Na, na, na«, höhnte eine rauhe Stimme. »Wohin denn so eilig, alte Hexe?«

Mütterchen bekämpfte tapfer den Drang, eine passende Antwort zu geben. Statt dessen schwieg sie verbissen und fügte sich in ihr Schicksal.

Wenig später wurden sie von einem Trupp Drachenkrieger nach Osten zur Festung geführt. Je näher der Turm und seine hohe Ummauerung rückten, desto bedrohlicher schienen sie. Dünne schwarze Rauchfahnen stiegen hinter dem Steinwall zum Nachthimmel; sie waren nur zu erkennen, weil sie von unten durch flackernden Feuerschein erhellt wurden. Der Innenhof war erleuchtet.

Die Krieger trieben ihre beiden Gefangenen mit Hieben und Tritten zum Tor der Festung. Vor allem Löwenzahn mußte einige Martern ertragen, denn die Männer hatten seine Abstammung erkannt, und wenn es eines gab, das allen Menschen am Rhein gemeinsam war, dann war es der Haß auf die Hunnen. Mütterchen wunderte sich, daß sie Löwenzahn nicht gleich erschlugen. Andererseits würde er einen kräftigen Arbeiter abgeben.

Die Sklavenkette wurde auch bei Nacht nicht unterbrochen. Unablässig wurde Eimer auf Eimer in die Festung gereicht. Viele der Männer und Frauen starrten stumpfsinnig ins Dunkel, griffen ohne hinzusehen nach den Eimern ihrer Nebenmänner und gaben sie weiter. Mütterchen fragte sich voller Abscheu, wie lange das alles schon so gehen mochte. Nicht einmal während ihrer Zeit als Räuberin hatte sie sich mit Sklaverei abgegeben. Sicher, sie hatte gemordet und gemeuchelt, ehrlich und aus dem Hinterhalt, aber niemals hatte sie eines ihrer Opfer derart gedemütigt.

Als sie durchs Tor getrieben wurden, war das erste, was Mütterchen sah, eine Kolonne von Pferdewagen, auf die alle Eimer nach ihrer Entleerung geworfen wurden. In regelmäßigen Abständen machte sich einer der Karren auf den Weg ins Tal und brachte die Gefäße hinunter zum Fluß. So umging man die Notwendigkeit, eine zweite Menschenkette einzurichten, um die leeren Eimer zurück zum Ufer zu schaffen.

Im Innenhof der Festung wimmelte es von Menschen. Im Schein zahlloser Feuerbecken gabelte sich die Sklavenkette in drei Stränge, die fächerförmig auseinanderführten. Sie endeten an drei merkwürdigen Holzkonstruktionen, die Mütterchen auf den ersten Blick für Brunnen hielt. Es waren riesige Seilwinden, gestützt von je vier Holzbalken, fast so hoch wie ein Haus. Unter ihnen klafften Löcher im Boden, in denen armdicke Seile verschwanden. Aus der Tiefe erklang der Lärm von Spitzhacken. Aus irgendwelchen Gründen wurden die Sklaven gezwungen, an diesen drei Stellen Schächte in den Fels zu treiben. Dabei wurden sie von oben permanent mit Wasser begossen, Eimer um Eimer.

Mütterchen wandte sich an einen ihrer Bewacher. »Welchen Sinn hat es, das Wasser hierher zu schaffen, um es dann wieder hinab in die Brunnen zu gießen?«

Statt einer Antwort hieb der Mann ihr die Hand ins Kreuz. Mütterchen ging mit einem dumpfen Stöhnen zu Boden. Sogleich wirbelte Löwenzahn herum, seine Faust traf einen der Bewacher unter den Rippen. Einen anderen schickte er mit einem kräftigen Tritt in den

Schmutz. Ehe die anderen reagieren konnten, war er bereits bei Mütterchen und half ihr auf die Beine. Kaum hatte sie sich aufgerichtet, da fiel auch schon ein halbes Dutzend Krieger über Löwenzahn her und begrub ihn unter sich. Fäuste und Schwertknäufe hagelten auf den gefällten Riesen herab. Mütterchen blinzelte durch Tränenschleier zu dem hilflosen Freund hinüber, unfähig ihm beizustehen, als plötzlich eine Stimme über das Chaos hinwegschrie:

»Haltet ein!«

Augenblicklich ließen die Krieger von Löwenzahn ab. Als der Koloß unter ihnen zum Vorschein kam, war sein Gesicht voller Blut, die Lippen und das linke Auge fast zugeschwollen. Trotzdem gelang es ihm, sich auf die Füße zu stemmen. Er war zu stolz, vor seinen Gegnern im Dreck zu kriechen.

Mütterchen blickte auf. An einem der unteren Turmfenster, zehn Schritte vom Boden entfernt, war eine Gestalt erschienen, ein fetter, unförmiger Kerl, der ein Nachtgewand und eine baumelnde Schlafmütze trug. Er war noch jung, kaum zwanzig Jahre, schätzte Mütterchen. Im flackernden Schein der Feuerbecken glänzte sein Gesicht vor Schweiß.

Alle Gespräche und gebrüllten Befehle im Hof verstummten. Nur die Sklaven arbeiteten schweigend weiter und begossen ihre Leidensgenossen in den Schächten mit Wasser.

»Ich will nicht, daß ihr ihn umbringt«, keifte der fette Junge am Fenster mit hoher Stimme. »Ich will, ich will, ich will es nicht! Ich bezahle nicht für tote Sklaven, ihr Kröten!« Er seufzte gekünstelt. »Hach, welch Glück, daß mein Schlaf so leicht und meine Augen so wachsam sind.«

Der Anführer ihrer Bewacher salutierte widerwillig mit erhobenem Schwert zum Fenster hinauf, dann gab er leise Befehl, Löwenzahn und Mütterchen abzuführen. Der Fette warf noch einen mißtrauischen Blick in die Runde, dann zog er sich zurück. Als weißer Schemen verschwand er im dunklen Rechteck des Fensters, ein schwergewichtiges Nachtgespenst.

Mütterchen wagte einen erneuten Vorstoß, beruhigt von der Tatsache, daß man sie nicht töten würde. »Ist das euer Herr?« fragte sie den Krieger, der sie eben geschlagen hatte.

Erst sah es aus, als würde er abermals keine Antort geben, dann aber schüttelte er unmerklich den Kopf. Seine Augen im Sehschlitz blickten stur an Mütterchen vorbei. »Unser Herr ist der Geweihte«, erklang es dumpf unter dem Helm.

Sie wußte nicht, ob das als »ja« oder »nein« zu werten war, deshalb bohrte sie weiter: »Er« – sie deutete zum Fenster – »ist der Geweihte?«

Noch ein Kopfschütteln. »Das war Graf Ugo. Aber du wirst den Geweihten noch kennenlernen. Er wird euch sehen wollen, wenn er von der Jagd heimkehrt.«

»Wegen des Horns?«

Der Krieger schwieg und stieß sie vorwärts.

Was ging hier vor, verflucht? Wer war der Geweihte, und warum ritt er in dunkler Nacht zur Jagd? Was für eine Weihe war es, die ihm diesen Namen gegeben hatte? Und was Graf Ugo anging, so kannte sie in dieser Gegend nur einen, der so hieß und einen Adelstitel für sich beanspruchen konnte. Bislang hatte sie allerdings angenommen, daß er im Schloß seiner Ahnen gefangengehalten wurde – aus gutem Grund, denn Graf Ugo war in höchstem Maße schwachsinnig. Seine Eltern waren Bruder und Schwester gewesen, genauso wie deren Eltern und Großeltern.

Das Rätsel, das Mütterchen am meisten beschäftigte, war jedoch der Drachenkopf auf den Harnischen der Krieger. Hatte das Symbol mit dem Ziel ihrer Reise zu tun, oder war die Übereinstimmung nur ein Zufall? Drachen waren verbreitete Wappentiere. Es mußte nicht unbedingt etwas bedeuten.

Die Männer führten ihre Gefangenen in weitem Bogen an der Mauer entlang, weit genug von den Seilwinden entfernt, daß Mütterchen und Löwenzahn der Blick in die Schächte verwehrt blieb. Feuerschein spiegelte sich auf nackter, verschwitzter Haut. Keiner der Sklaven blickte zu den Neuankömmlingen auf. Wahrscheinlich wurden ständig neue Gefangene in die Festung gebracht, der Anblick war nicht ungewöhnlich.

Ihr Weg endete an einem Gittertor, das direkt in den Festungswall führte. Die Mauer war breit genug, um Kammern und Kerker zu beherbergen. Mütterchen und

Löwenzahn wurden in ein finsteres Verlies gestoßen, dann schlug das Gitter hinter ihnen zu.

Der Schein der Flammen reichte nur drei Schritt weit, dahinter lag ihr Gefängnis im Dunkeln. Mütterchen vernahm leises Rascheln in der Finsternis. Sie waren nicht allein.

Ein Gesicht schob sich ins gelbrote Halblicht. Ein Mädchen mit verhärmten Zügen und zotteligem schwarzem Haar kroch auf allen vieren auf sie zu. Ihre rechte Gesichtshälfte war zerschrammt und blutverkrustet; es sah aus, als sei sie mit der Wange über den Boden gezerrt worden.

»Wer seid ihr?« fragte sie stockend, mit einer Stimme rauh vom Schreien.

Mütterchen nannte ihre Namen. »Und du?«

»Marret«, erwiderte sie kurzangebunden und so leise, daß es kaum zu verstehen war. Noch immer hockte sie auf Händen und Knien und blickte zu den beiden empor, mit den dunklen treuen Augen eines Hundes.

Mütterchen ging ächzend in die Knie. Jeder einzelne ihrer alten Knochen schmerzte. »Warum bist du hier?«

Ein irres Grinsen flackerte über Marrets geschundene Züge. »Als ob ihr das nicht wüßtet.«

»Woher sollten wir?«

»Weil er euch schickt«, sagte sie und wippte dabei mit dem Kopf. »Er schickt euch, um mich zu quälen.«

Löwenzahn und Mütterchen wechselten einen Blick, dann sagte die Räuberin: »Keiner von uns will dir etwas zuleide tun, Marret. Und, glaub' mir, niemand hat uns geschickt. Wir sind Gefangene, zweifellos bald Sklaven wie alle hier.« Tatsächlich wunderte sie sich, daß man sie nicht gleich in die Sklavenkette eingereiht hatte. Was sollte dieser Aufschub?

Das Mädchen – es mochte siebzehn Lenze gesehen haben, keinesfalls mehr – lächelte schwach. »Er mag es, mich zu quälen. Mit Schmerz und mit Lüge.«

»Ich lüge nicht«, sagte Mütterchen geduldig und mit aller Sanftheit, die sie in ihrer Lage aufbringen konnte. »Nun sag mir, warum du hier bist.«

»Um zu leiden«, erwiderte Marret mit entrückter Miene. »Leiden, leiden, leiden.« Und dann sang sie:

Allerschönste Puppe,
Lange nicht gesehn,
Koch mir eine Suppe.
Ja, es soll geschehn!
Für ein Dreier Butter,
Für ein Dreier Bier,
Allerschönste Puppe,
Komm und tanz mit mir!

Löwenzahn stieß Mütterchen an und verzog das geschwollene Gesicht zu einer Grimasse, die bedeuten sollte, was von dem Mädchen zu halten war.

Doch Mütterchen ließ nicht locker. »Warum sollst du leiden, mein Kind? Wer tut dir das an?«

»Klein-Ugo«, sagte Marret und legte sich ins schmutzige Stroh, zusammengekrümmt wie ein Kind.

»*Klein-Ugo?*« fragte Löwenzahn ungläubig.

»Der Graf«, erklärte Mütterchen. »Der fette Kerl am Fenster.«

Marret kicherte. Ihr Blick ging durch Mütterchen und Löwenzahn hindurch. »Fetter Kerl? Laß ihn das nicht hören. Klein-Ugo kann sehr ungehalten sein. Dann ißt er seine Suppe nicht und wirft mit schlechten Dingen.«

Mütterchen kam eine Ahnung. »Warst du seine Dienerin?«

Das Mädchen wiegte sich im Liegen hin und her, als höre es eine Melodie. Aber da war nichts, nur der Lärm vom Innenhof. »Seine Dienerin, ja«, sagte sie. »Ich hab' für ihn gesorgt, hab' ihm Essen gebracht, ihn gewaschen, war immer gut zu ihm.« Ihr verklärtes Lächeln wurde wehmütig. »Ich war die einzige, die gut zu ihm war. Er war eingesperrt, daheim im Schloß. Keiner ging zu ihm. Klein-Ugo sah nie einen anderen Menschen, nur mich. Immer nur mich.«

Löwenzahn seufzte. »Verstehe gar nichts«, flüsterte er Mütterchen zu. »Weißt du, was sie meint?«

Die alte Räuberin nickte flüchtig. »Ugo ist wahnsinnig, jeder hier weiß das. Seine Familie hielt ihn gefangen, damit er kein Unheil anrichten konnte. Ein Vetter regierte für ihn die Ländereien.« Sie betrachtete das kranke Mädchen mitleidsvoll. »Ich glaube, Marret war eine Dienerin im Schloß, der man den Befehl gab, sich um Ugo zu kümmern. Liebe Güte, dabei ist sie doch fast noch ein Kind. Wer weiß, wie lange sie schon seiner Willkür ausgesetzt war ...«

»Viele Jahre«, warf Marret unvermittelt ein. Sie hatte ganz genau zugehört, was Mütterchen sagte. »Seit meinem neunten Jahr. Ugo ist nur ein wenig älter als ich.« Sie kicherte verspielt. »Und ein wenig dicker, aber das mag er nicht gern hören.« Abermals stimmte sie ein Lied an:

Auf einem gelben Butterberg,
Da saß ein großer dicker Zwerg.
Da kam die Sonne eins zwei drei,
Und schmolz den Butterberg entzwei.
O weh, der Schreck, da war er weg.

Löwenzahn lachte roh, trotz der Schmerzen, die in seinem Gesicht loderten. »Das merk' ich mir für Alberich.«

Mütterchen schalt ihn mit einem finsteren Blick. Dann wandte sie sich wieder an Marret. »Irgendwie hat Ugo sich befreit, nicht wahr? Oder wurde befreit. War es nicht so?«

»Ja, o ja«, gab das Mädchen zurück. »Er war sehr böse mit mir, hat gesagt, ich hätte ihn eingesperrt.«

Mütterchen atmete tief durch. »Weil er immer nur dich zu sehen bekam, gab er dir in seinem Wahn die Schuld.«

»Zahlt's mir zurück, hat er gesagt.« Plötzlich schluchzte sie herzzerreißend. »Dabei war ich doch immer gut zu ihm, immer freundlich, immer nett. Sogar wenn er die Suppe auf den Boden goß, sogar wenn er sich schmutzig machte. Marret hat alles weggewischt, hat ihn gewaschen, den kleinen Ugo.« Sie weinte jetzt bitterlich. »Jetzt ist er böse zu mir, läßt mich leiden, sagt er.«

Mütterchen rückte näher an sie heran und streichelte sanft über ihr verfilztes Haar. Marrets Schicksal erschütterte sie. Erst war sie von ihren grausamen Herren genötigt worden, ganz allein für einen Wahnsinnigen zu sorgen, und dann wurde sie so entsetzlich dafür bestraft, bis gar ihr eigener Verstand dahinschwand.

Sie legte Marrets Kopf in ihren Schoß und drückte und streichelte sie, bis ihre Tränen versiegten. Dann fragte sie sanft: »Wie ist Ugo entkommen?«

Marret schniefte. »Männer kamen, Männer befreiten ihn. Viele im Schloß wurden getötet, der Herr, die Herrin, viele andere. Seitdem ist Klein-Ugo der Herr. Graf Ugo – das klingt schön, nicht wahr?.«

»Schön, ja«, entgegnete Mütterchen unsicher. »Sag, Marret, diese Männer, die Ugo befreiten, waren das die dort draußen im Hof? Die Krieger mit den Drachenköpfen auf der Brust?«

»Ja. Sie machten Ugo zum Herrn der Burg, und danach brachten sie ihn hierher.«

Mütterchen wußte, daß das Stammschloß des Grafen eine halbe Tagesreise von hier entfernt lag. Dieser Turm mußte ein alter Grenzposten seiner Ländereien sein. Plötzlich glaubte sie die Hintergründe des Ganzen zu begreifen, wenigstens einen Teil davon.

»Kennst du den, den sie den Geweihten nennen?« fragte sie das Mädchen.

Marrets Augen weiteten sich angstvoll. »So ein böser Mann! So schlecht, so gemein!«

»Ja, mein Kind, das ist er ganz bestimmt«, sagte Mütterchen. Der Geweihte mußte den irrsinnigen Ugo befreit haben, um ihn für seine eigenen Zwecke auszunutzen. Sie zweifelte nicht, daß der Graf nur eine Puppe in den Klauen seines Erlösers war. Und das Schlimmste daran war, daß der Geweihte nicht einmal gegen des Königs Recht verstoßen hatte, denn Ugo *war* der rechtmäßige Graf. Die Verwandten des Jungen hatten dessen Krankheit genutzt, um die Macht im Schloß an sich zu reißen. Nicht einmal König Dankrat, so er überhaupt davon erfahren hatte, konnte die Ansprüche Ugos für ungültig erklären.

Wer aber war der Geweihte? Falls er ein Räuber war, so hatte Mütterchen noch nie von ihm gehört.

Sie überlegte, ob sie Marret noch weitere Fragen stellen sollte, dann aber sagte sie sich, daß sie das Mädchen nur unnötig mit bösen Erinnerungen quälte. Die Kleine hatte schon genug erdulden müssen.

Mütterchen hing noch ihren Gedanken nach, als Löwenzahn rief: »Da draußen tut sich was!« Er hatte beide Hände um das Gitter geklammert und starrte aufmerksam in den Hof.

Die Räuberin bettete Marrets Kopf sachte ins Stroh, dann eilte sie an Löwenzahns Seite. Von hier aus konnten sie jenseits der Feuerbecken und Seilwinden gerade noch das Tor der Ummauerung erkennen. Männer mit Drachenwappen auf der Brust, aber ohne Helm und Rüstzeug, trugen drei mächtige Hirsche herein, gewaltige Tiere, die kopfüber an langen Holzstangen hingen. Alle drei wiesen tödliche Wunden auf, die zu groß waren, um von Pfeilen zu stammen, und zu sauber, als daß Hunde sie hätten reißen können. Die Tiere waren im Nahkampf mit dem Schwert erlegt worden.

Hinter den Trägern ritt eine finstere Gestalt in den Hof, in seinem Gefolge ein gutes Dutzend Krieger. Der Geweihte war zurückgekehrt.

Mütterchen versuchte vergebens, Einzelheiten zu erkennen. Erst als der Mann sich einem Feuer näherte und dort sein Pferd zügelte, um gefällig das Sklavenheer zu überblicken, konnte sie ihn deutlicher sehen.

Ihr Atem stockte, als sie begriff, warum man ihn den Geweihten nannte.

Kapitel 3

Eine Melodie säuselte durch Alberichs Schädel. Er hatte sie nie zuvor gehört, und doch klang sie seltsam vertraut. Er wußte genau, daß er sie nicht kannte, denn er besaß einen Sinn für Musik, konnte manche Melodien schon nach dem ersten Hören auf Leier oder Flöte nachspielen. Oftmals hatte er sich so in den Tiefen des Hohlen Berges die Langeweile vertrieben, bei Spiel und Gesang der Lieder seiner Ahnen, bei der Besinnung auf Verse und Klangfolgen, die er zum letzten Mal vernommen hatte, als er noch Kind und der Hohle Berg nicht leergefegt von allem Leben war.

Aber diese Melodie, die jetzt durch seine Gedanken geisterte, schien ihm von anderer Natur. Sie hatte etwas sehr Fremdartiges, klang aber zugleich, als vereinten sich in ihr alle Töne, die jemals erklungen waren. Es war eine magische Melodie, daran hatte Alberich bald keine Zweifel mehr, und er wußte auch, daß sie mit dem Horn zusammenhing. Wollte es, daß er sie nachspielte? Konnte ein Horn überhaupt etwas wollen, so wie ein Mensch? Immerhin war es einmal der Fangzahn eines Drachen gewesen, vorausgesetzt Löwenzahns Vermutung war richtig. Und auch daran zweifelte Alberich nicht mehr.

Immer wieder erklang die Melodie in seinem Kopf, schwirrte in Höhen, sank in Tiefen, um schließlich von neuem zu beginnen.

Und dann erwachte er, und die Musik war fort.

Er wußte, daß er die Melodie geträumt hatte, wußte es ganz genau, aber er vermochte sich nicht an ihren genauen Klang zu erinnern, und das verstörte ihn.

Mehr noch beunruhigte ihn, daß er überhaupt eingeschlafen war. Seit er im Uferschlamm aufgewacht war und sich auf den Weg zurück zum Turm gemacht hatte, war kaum die halbe Nacht vergangen. Und trotzdem war er in der mächtigen Wurzel einer Eiche zusammengesunken und der Wirklichkeit entrückt. Wie lange, das vermochte er nicht zu sagen. Aber es war noch immer dunkel, und der Mond stand hoch hinter ziehenden Wolkenfetzen, so daß er annehmen durfte, es war nicht für lange gewesen.

Und wenn der Schlaf wie die Melodie von Magie verursacht war? Wenn er nicht wenige Augenblicke, sondern ganze Tage, Wochen oder Jahre verschlafen hatte?

Nein, sagte er sich mit klopfendem Herzen, wenn du anfängst, dir selbst Angst einzujagen, dann kannst du gleich aufgeben. Geh einfach zum nächstbesten Drachenkrieger und stell dich. Es wird schnell gehen, hoffentlich.

Die Finsternis machte ihm zu schaffen, mehr als er zugeben wollte, denn es war die Dunkelheit der Wälder, nicht jene heilsame, wohlige Schwärze der Bergestiefen. Wieder einmal wurde ihm klar, daß Zwerge nicht für Reisen geschaffen waren, schon gar nicht für Reisen unter freiem Himmel. Als die Überlebenden seines Volkes nach Norden gezogen waren, hatten sie die geheimen Pfade unter der Erde benutzt, Wege, die seit langer Zeit vergessen waren. Aber Wälder? Das waren Orte für Menschen und Feen und anderes Gelichter.

Alberich hatte angenommen, daß er schnurstracks in Richtung des Felsenkamms marschiert war, fern vom bewachten Ufer unterhalb der Bergausläufer, und so wunderte er sich allmählich, daß noch immer keine Spur von den Drachenkriegern und dem Turm zu sehen war.

Er schüttelte den Kopf so heftig, daß ihm der Bart um die Ohren wehte, in der Hoffnung, die Erinnerung an die unheimliche Traummelodie vertreiben zu können. Vielleicht war er deshalb so unsicher. Möglicherweise war es die Magie der Zaubermusik und somit die des Horns, die ihn in solche Verwirrung trieb.

Doch letztlich war es gleich, wo die Ursache lag, denn nur wenig später, am Fuß einer Fichtenreihe, mußte er sich griesgrämig eingestehen, daß er sich verlaufen hatte. Zwar hörte er noch das Rauschen des Rheins, aber es war ihm unmöglich, die Richtung zu erkennen, aus der es an seine Ohren drang. Hatte sich der Klang des Horns bereits auf seine Wahrnehmung ausgewirkt? Machte er ihn taub für irdische Töne, damit es ihm besser gelang, die Melodie in seinem Inneren zu vernehmen?

Eisige Furcht ließ sein Herz gefrieren, und doch wagte er nicht, das Horn einfach fortzuwerfen. Es mochte ihm noch nützlich sein. Zudem: Wenn es all die Krieger auf den Felsen getragen hatten, ohne dadurch Schaden zu nehmen, warum sollte dann ihm eine Gefahr davon drohen?

Aber er war ein Zwerg, kein Mensch, und Zwerge waren von Natur aus Geschöpfe der Magie. Alberich wußte das, wußte es mit völliger Gewißheit, und doch tat er sein Möglichstes, den Gedanken daran zu verdrängen.

Mehrfach hatte er geglaubt, hinter sich in der Dunkelheit Schritte zu hören, das Splittern von Zweigen und das Rascheln gefallenen Laubes. Wölfe, dachte er zitternd, Wölfe oder Schlimmeres. Aber immer wieder waren die Laute verschwunden, und das sprach gegen wilde Tiere oder Feinde. Schließlich hatte er sich gesagt, daß es nur der Wind und seine Einbildung waren.

Jetzt aber hörte er die Geräusche erneut, und diesmal klangen sie näher. Alberich befand sich oberhalb eines dichtbewachsenen Hanges. Hier oben standen zahlreiche Fichten, hohe, mächtige Bäume, deren alte Nadeln knöchelhoch den Boden bedeckten. Sie dämpften seine Schritte, und dasselbe hätten sie auch bei jedem Verfolger tun müssen. Daraus wiederum schloß er, daß derjenige, der die Laute verursachte, sich nicht in gerader Linie hinter ihm befand, sondern weiter unten im Dickicht des Abhangs.

Wären es Drachenkrieger gewesen, hätten sie ihn zweifellos sofort angegriffen, spätestens als er unter der Eiche eingeschlafen war. Im Grunde galt das für jeden, der sich die Mühe machte, seiner Fährte zu folgen, ganz gleich ob Wegelagerer oder hungriges Tier.

Warum aber sollte ihn jemand verfolgen, ohne ihn anzugreifen? Was glaubte derjenige, wohin Alberich ihn führen würde?

Er zögerte nicht länger und fuhr herum. Die Goldgeißel klirrte kampfbereit in seiner Rechten.

»Wer ist da?« fragte er leise, fast flüsternd. Falls außer dem Verfolger auch Krieger in der Nähe waren, wollte er sie nicht auf sich aufmerksam machen.

Er bekam keine Antwort. Einen Augenblick lang überlegte er, ob er ins Dickicht vordringen und den anderen aufscheuchen sollte, entschied aber dann, daß ihm dafür keine Zeit blieb. Die Gefangennahme seiner Gefährten verzögerte ihre Suche nach dem Drachen ohnehin über alle Maßen, und allmählich bezweifelte er, ob sie überhaupt je zum Ziel kommen würden.

Noch einmal zischte er grimmig: »Wer immer da unten ist, er möge herauskommen, sonst wird er meine Waffe schmecken!«

Das war nun wirklich eine erbärmliche Drohung, aber zu seinem größten Erstaunen zeigte sie Wirkung.

In der verschlungenen Finsternis der Büsche und Ranken, die den Hang bedeckten, regte sich etwas. Hinter einem Gestrüpp erschien etwas Helles, erst ein Arm, dann ein zweiter. Mit friedfertig erhobenen Händen trat schließlich eine Gestalt ins fahle Mondlicht.

Sie war von Kopf bis Fuß in schmutzigweiße Bandagen gewickelt, wie ein Toter, der sich ein letztes Mal aus seinem Steinsarg erhob. Einen Moment lang hielt Alberich das Wesen genau dafür – für einen Toten, ein Gespenst. Sein Atem stockte, und die Kugeln der Geißel klingelten verräterisch, so zittrig waren seine Hände.

Die weiße Erscheinung regte sich nicht, stand einfach nur da. Wo die Augen sein mußten, war aus der Entfernung nur ein dunkler Spalt zwischen den Verbänden zu erkennen.

Alberich sandte ein Stoßgebet zu seinen Ahnen. Vergessen war die Tatsache, daß ihm solches Flehen in den letzten Tagen nur Unglück eingehandelt hatte.

Den Drachenkriegern wäre ich kühn entgegengetreten, dachte er, aber einem Gespenst? Ausgerechnet hier, in fremden Wäldern, mitten in der Nacht? O nein, niemals!

Und während er sich noch überlegte, wie er sich am schnellsten und wirkungsvollsten aus dem Staub machen könnte, beschlich ihn plötzlich eine Ahnung. Natürlich, dachte er überrascht, er ist es!

»Du bist ... der Geist«, entfuhr es ihm. Tatsächlich sah die Gestalt dem seltsamen Schemen, der im Tann rund um den *Wolfswinkel* spukte, täuschend ähnlich.

Das unheimliche Wesen rührte sich auch jetzt nicht, stand immer noch mit hochgestreckten Armen da wie eine weißbandagierte Vogelscheuche. Der Zwerg konnte sich des Eindrucks nicht erwehren, daß der Geist sich viel mehr vor ihm fürchtete als umgekehrt.

»Bist du uns den ganzen Weg gefolgt?« fragte Alberich halb verwirrt, halb ärgerlich.

Noch immer kam keine Antwort.

Alberich seufzte. »Nun nimm schon die Arme runter und komm her«, verlangte er mürrisch. Er erinnerte sich, daß Obbo Stein und Bein geschworen hatte, daß der Geist niemandem Böses wollte. Dein Wort in der Albenväter Ohr, dachte Alberich.

Der Geist senkte zögerlich die Hände und kam langsam durchs Gebüsch auf ihn zu. Dabei verhedderten sich seine Tücher und Verbände bei jedem Schritt in Dornen und Ästen, und es dauerte eine Weile, bis er zwei Mannslängen (oder vier Zwerglängen) vor Alberich stehenblieb.

»Was willst du hier, Geist?« fragte Alberich, der nur an die wertvolle Zeit denken konnte, die er unnütz vertat.

»Ich bin kein Geist«, drang es leise unter den Binden hervor. Es war das erste Mal, daß irgendwer das Wesen sprechen hörte. Seine Stimme klang ungewöhnlich sanft, fast traurig.

Alberichs linke Augenbraue rückte mißtrauisch nach oben. »Kein Geist? Aber du siehst aus wie einer.«

»Ich bin ein Mensch wie du«, erwiderte die Gestalt sehr scheu, nicht ahnend, daß dies das Schlimmste war, was sie hätte sagen können.

»Ein Mensch wie ich?« wiederholte Alberich fassungslos. »Ein *Mensch*? Sehe ich etwa so aus?«

Der Geist, der keiner sein wollte, nickte zaghaft. »Ein kleiner Mensch, sehr klein.«

Alberichs Faust krampfte sich um den Griff der Goldgeißel. »Hast du nie vom stolzen Volk der Zwerge sprechen hören?« fragte er unter Aufbietung aller Geduld.

Das Wesen schüttelte den Kopf. Dabei spiegelte sich das Mondlicht einen Herzschlag lang in klaren blauen Augen. »Niemand spricht mit mir, schon lange, lange Zeit nicht mehr. Also bist du kein Mensch?«

»Nein«, gab Alberich dumpf zurück. »Aber sag mir endlich, warum du mir folgst. Ich habe keine Zeit für Mätzchen.«

Der Geist verschränkte schüchtern die Hände hinterm Rücken und trat aufgeregt von einem Bein aufs andere. »Ich hab' gehört, über was ihr im Wirtshaus gesprochen habt.« Alberich war plötzlich sicher, daß das Wesen mit weiblicher Stimme sprach.

»Und?«

»Die alte Frau sagte, das Blut, das ihr sucht, kann Krankheiten heilen.«

»Bist du denn krank?« fragte Alberich scharf. Liebe Güte, ging denn das alles nicht ein wenig schneller?

»Sehr krank«, sagte das Wesen traurig. »Deshalb glauben alle, ich sei ein Geist. Wegen der Verbände. Aber ich kann sie nicht abnehmen.«

Mußt ja ein häßlicher Vogel sein, dachte Alberich säuerlich. »Welche Krankheit hast du?«

»Lepra.«

Alberich kreischte voller Grauen auf und machte mehrere Sätze nach hinten. »Lepra?« rief er entsetzt. »Du hast mich fast berührt, so nah bist du herangekommen!«

»Du hast es verlangt«, gab der Geist zurück.

»Ich wußte nicht... ich meine, ich...«, stammelte Alberich, ehe er sich mühsam zur Ruhe rief. »Ach, was!« sagte er plötzlich. »Du kannst gar keine Lepra haben. Niemand, der die Seuche hat, hätte uns drei Tage lang verfolgen können. Du wirkst ja nicht einmal erschöpft.«

»Und doch habe ich Lepra!« entgegnete der weibliche Geist beinah trotzig.

Alberichs Zweifel mehrten sich. »Du scheinst auch noch alle Glieder zu haben«, meinte er argwöhnisch und begutachtete aus der Ferne den bandagierten Leib.

»Sie fallen ab, sobald ich die Binden löse.«

»Das würde ich gerne sehen.«

»Du bist herzlos, kleiner Mann.«

»Und du eine Betrügerin.«

»Ich *bin* krank«, beharrte sie. »Und wenn es wahr ist, was die alte Frau gesagt hat, dann kann nur das Drachenblut mich heilen.«

»Du meinst Mütterchen?«

»Sie hat gesagt, das Blut kuriert Krankheiten.«

»Nun denn«, sagte Alberich, »ich wünsche dir Glück bei deiner Suche.« Er war jetzt vollkommen sicher, daß keine Gefahr einer Ansteckung bestand. *Fast* vollkommen sicher. Er drehte sich um und trat zwischen die Fichtenstämme.

»Darf ich nicht mit dir gehen?« fragte der falsche Geist.

»Damit ich mich anstecke?« rief der Zwerg zurück, ohne sich umzusehen.

»Nein«, gab sie zurück, »damit du dich nicht verirrst.«

»Ich verirre mich nie.«

»Dann hat mich der Eindruck wohl getrogen.«

»Das hat er, in der Tat«, sagte er finster. Er konnte

jetzt kaum noch hören, was sie mit ihrem hellen Stimmchen hinter der Verbänden brabbelte. Recht so, dachte er.

Dennoch bemerkte er am Rascheln der Büsche, daß sie sich aufmachte, ihm zu folgen. Nicht ohne Befriedigung vernahm er einen lauten Plumps, als sich ihre Binden abermals verhakten und sie der Länge lang hinfiel.

Kichernd blieb er stehen und schaute sich nach ihr um. Mit gelinder Überraschung sah er, daß sie bereits wieder auf den Beinen war. Ganz schön flink für eine Aussätzige.

Täuschte er sich, oder funkelten die blauen Augen ihn herausfordernd an?

»Wir sollten zusammengehen«, sagte sie beharrlich und zupfte einige Verbände zurecht, die sich beim Sturz verschoben hatten. Darunter war dunkle Haut zum Vorschein gekommen, die sie geschwind wieder verbarg.

Warum friert sie nicht? fragte er sich und sagte: »Meine beiden Freunde wurden gefangengenommen. Ich muß sie befreien, bevor ich die Suche nach dem Drachen fortsetze.«

»Du gehst in die falsche Richtung.«

Verwirrt blickte er sie an. »Wirklich?«

»Du gehst nach Norden«, bestätigte sie. »Dort vorne« – sie zeigte mit ausgestrecktem Arm nach links – »fließt der Rhein, gar nicht weit von hier.«

»Das ist unmöglich.« Seine Laune verkrampfte sich wie seine Fäuste.

»Wenn ich's dir doch sage.«

»Vielleicht täuschst du dich. Oder du lügst. Genau wie über deine Krankheit.«

Sie verstummte für einen Moment, dann klang ihre Stimme wieder schwermütig. »Du magst mir nicht glauben, daß ich krank bin, kleiner Mann. Aber wenn du jemals zurück zu deinen Gefährten gelangen willst, dann solltest du mir ein wenig mehr Vertrauen schenken.«

»Hmpf«, machte er ohne viel Sinn, jedoch so ganz nach Zwergenart.

Als sie bemerkte, daß er nichts weiter sagen würde, fügte sie hinzu: »Außerdem weiß ich längst, wo der Drache liegt.«

Alberich riß Mund und Augen auf. »Du weißt –«

»Wo er ist, natürlich«, gab sie zurück, nicht ohne Triumph. »Während du es vorgezogen hast, ein Nikkerchen zu machen, habe ich mich umgesehen. Und da hab' ich ihn gefunden. Es war gar nicht schwer, wenn man offenen Auges durch die Wälder streift.«

Es drängte Alberich, etwas Passendes auf ihren versteckten Vorwurf zu erwidern, doch dann verkniff er sich die Beleidigung. Statt dessen fragte er: »Wo ist er?«

Die Verbände vor ihrem Gesicht zuckten. Lachte sie ihn aus? »Ein Stück weiter nördlich. Im Grunde warst du auf dem richtigen Weg.«

Verdattert fuchtelte er mit den Armen. »Aber ich dachte, ich gehe nach Süden, zurück zum Turm.«

Jetzt gab es keinen Zweifel mehr, daß sie lachte. Es war ein helles, klares Mädchenkichern, verzerrt nur durch die Binden. »Daran sieht man, wie gut deine Instinkte sind.« Es klang hämisch, doch Alberich bemerkte es nicht, denn er sagte voller Überzeugung: »Allerdings. Wir Zwerge sind stolz auf unsere Instinkte.«

»Zu recht, zu recht.«

Das besänftigte ihn ein wenig. »Würdest du mir den genauen Weg zeigen? Ich würde ihn selbst finden, wie du schon richtig bemerkt hast, aber –«

»Und deine Freunde?«

Er stutzte. Die beiden hätte er in der Aufregung fast wieder vergessen. »Ich will erst im Blut baden«, sagte er beschämt. »Danach sollte es ein leichtes sein, sie zu befreien.« Er stapfte auf das Geistermädchen zu, ehe ihm wieder einfiel, daß an ihrem Gerede über die Seuche doch etwas Wahres sein mochte. Abrupt blieb er stehen. »Worauf wartest du? Wollen wir nicht endlich aufbrechen?«

»Es gibt noch eine Schwierigkeit«, gestand sie zögernd. »Hast du dich nicht gewundert, weshalb ich mit dir zusammen dorthin gehen will?«

»Sicher fürchtest du dich, Kindchen.«

»Ja, aber das war nicht der wahre Grund.«

»Dann sag ihn schon«, verlangte er ungeduldig.

Sie legte den Kopf schräg. »Es wimmelt beim Drachen nur so von Kriegern.«

Er preßte verärgert die Lippen aufeinander und verwünschte sein jämmerliches Schicksal. »Ich hätte es mir denken sollen.«

»Sie tun dort oben seltsame Sachen«, sagte sie.

»Was genau?«

»Sie scheinen einen Tunnel zu graben, und sie schlagen auch mit Spitzhacken auf den Drachen ein.«

»Verflixt!«

Sie sah ihn verständnislos an. »Warum tun die das?«

»Das wissen die Götter. Aber wir sollten es uns ansehen.«

»Ja«, stimmte sie zu. Schon wollte sie losgehen, in einigem Abstand vor ihm, doch dann blieb sie abermals stehen und fragte: »Dein Name ist Alberich, nicht wahr?«

»So ist es. Hast du uns all die Tage belauscht?«

»Schon seit langer Zeit. Seit vielen Jahren.«

»Lebst du wirklich allein im Wald?«

»Du lebst doch auch allein im Berg.«

»Aber du bist ein Kind.«

Sie lachte hell auf. »Ein Kind? O nein, das bin ich längst nicht mehr.«

»Du klingst sehr jung.«

Sie schien es vorzuziehen, darauf nichts zu erwidern.

Alberich fragte: »Wie ist dein Name?«

»Ich habe ihn vergessen.«

»Unsinn. Niemand vergißt seinen Namen, nicht einmal die ältesten unter den Zwergen.«

»Und doch ist es so.«

»Wie soll ich dich dann nennen?«

Sie überlegte einen Moment, dann sagte sie: »So wie du mich immer genannt hast. Ruf mich Geist, und ich bin bei dir.«

Er zuckte mit den Schultern. »Wenn das dein Wunsch ist.«

Sie nickte. »Ich kenne keine anderen Namen. Nur Alberich, Mütterchen, Obbo – und Löwenzahn. Alle anderen, die im Wirtshaus gerufen wurden, habe ich vergessen. Ich vergesse sehr schnell, das macht die Krankheit.«

Zweifelnd sah er sie einen Augenblick länger an und versuchte in ihren bildschönen blauen Augen zu lesen. Sie bemerkte es und wandte sich ab. »Komm jetzt, laß uns gehen«, sagte sie.

Sie führte ihn eine Weile schweigend nach Norden und hielt sich dabei unmerklich links. Das Blätterdach des Waldes sperrte das Mondlicht aus, trotzdem fand Geist ohne Mühe den richtigen Weg. Alberich hatte das Gefühl, ihr trauen zu können. Sie mochte eine Menge wirres Zeug reden, doch zumindest was ihren Orientierungssinn anging, schien sie die Wahrheit gesagt zu haben.

Nach einer Weile lichtete sich der Wald erneut, und sie kamen an eine steile Felskante. Tief, tief unter ihnen strömte der Rhein durch die Nacht. Der Schein des Mondes brach sich auf seinen schwarzen Wellen wie zahllose Silbermünzen. Ein scharfer Wind strich um die Felsen.

Alberich mußte sich zu seiner Schande eingestehen, daß er seit seinem unvermittelten Schlaf im Wald tatsächlich in die falsche Richtung gelaufen war. War das auch der unheimlichen Melodie aus seinen Träumen zu verdanken? Hatte sie ihn zum Drachen führen wollen?

Nein, rief er sich zur Ruhe, das ging zu weit. Natürlich, das Horn war magisch, daran bestand kein Zweifel, und die Melodie mochte eine Folge davon sein. Aber ihn zum Drachen führen? Unmöglich.

Als wüßte sie genau, was in seinem Kopf vorging, sagte Geist plötzlich: »Das Horn bringt Unglück.«

»Wie kommst du darauf?«

»Ich habe gehört, wie du hineingestoßen hast. Mehrmals. Ich hatte große Schmerzen.«

»Das tut mir leid.« Verflucht, was war los mit ihm? Zwerge baten nicht um Verzeihung, ganz bestimmt nicht bei rotznasigen Menschenmädchen, die sich verrückte Krankheiten ausdachten.

Er folgte ihr schweigend an der Felskante entlang und betrachtete sie dabei von hinten. In ihren hellen Verbänden sah sie gleichzeitig filigran und albern aus. Noch dazu bot sie schon von weitem eine großartige Zielscheibe; selbst im Dunkeln war sie nicht zu übersehen. Die Binden lagen eng um ihren Leib. Darunter war sie schlank, fast knochig, und ihre Brust war so klein, das sie nahezu unsichtbar blieb – ganz anders als die der stämmigen Zwergenfrauen, wie Alberich sich nicht ohne Wehmut erinnerte. Aber die Tage, in denen ihm so etwas bedeutungsvoll erschienen waren,

waren längst vom Dunst der Vergangenheit verhüllt. Nur selten in all den einsamen Jahren hatte Alberich sich nach Gesellschaft gesehnt, und noch viel seltener nach weiblicher.

Gerade umrundeten sie einen pockennarbigen Findling, der scheinbar gewichtslos auf der Felskante balancierte, als Geist ihn unvermittelt zurückhielt. »Langsam«, warnte sie im Flüsterton. »Von der anderen Seite aus kannst du sie sehen – und sie dich, wenn du nicht achtgibst.«

Vorsichtig pirschten sie soweit um den riesigen Stein herum, bis seine Rundung den Blick auf eine weite Heide freigab, die oberhalb einer scharfkantigen Klippe lag. Rückwärtig endete sie an einer aufstrebenden Felswand, in der eine pechschwarze Höhlenöffnung gähnte, flankiert von hohen Lindenbäumen – der Zugang zum Nest des Untiers.

Kurz vor dem Rand der Klippe lag im Schein vieler Fackeln der Drache selbst, und sein Anblick übertraf Alberichs Erwartungen bei weitem. So groß! war alles, was er für eine Weile denken konnte, und immer wieder: so groß!

In der Tat war die Bestie gewaltig. Ihr riesiger geschuppter Leib lag verdreht im verkohlten Heidekraut, halb auf der Seite, halb auf dem Rücken. Ihre mächtigen Pranken, jede so groß wie ein Pferd, hatten sich im Todeskampf verkrallt und mannstiefe Furchen in den Boden gerissen. Die gespaltene Zunge, länger als der höchste Baum, hing schlaff und verschlungen aus einem Maul, das dem Höhlenloch an Größe kaum nachstand. Alberich begriff, daß das Horn, das er am Hals trug, aus einem der kleinsten Zähne des Drachen gefertigt worden war, denn die Eckzähne der Bestie waren so groß wie ein ausgewachsener Mensch. Sie waren auch die einzigen, die man dem Kadaver gelassen hatte; alle anderen waren aus dem Zahnfleisch gemeißelt und zu Hörnern verarbeitet worden. Überall im Maul klafften Spalten und Wunden.

Das Furchtbarste aber waren nicht der Schlund oder die schlangengleiche, dreieckige Form des Schädels, der zu Lebzeiten vorstoßen konnte wie der schnellste Armbrustbolzen; vielmehr waren es die Augen der Bestie, die ihm das höchste Grauen einjagten. Sie waren weit aufgerissen und glänzten, als könnten sie jeden Moment zu neuem Leben erwachen. Die gelben Pupillenschlitze der pechschwarzen Augäpfel schienen genau in Alberichs Richtung zu blicken, und dabei war ihr Ausdruck so gemein und mörderisch, daß der Zwerg eine Weile lang glaubte, er müsse sich sofort herumwerfen und fliehen.

Geist hob die Hand, um sie ihm zaghaft auf die Schulter zu legen, besann sich aber im letzten Augenblick anders. Ihre umwickelten Finger sanken zurück. »Du brauchst dich nicht zu fürchten«, sagte sie sanft. »Er ist tot.«

»Das weiß ich«, gab er giftig zurück, wenn er auch nicht verhehlen konnte, daß sie seinen wunden Punkt ganz richtig erkannt hatte. Der Drache sah aus, als sei er noch am Leben, er wirkte nicht einmal, als schliefe er. Vielmehr schien es Alberich, als loderte hinter den gelben Pupillen eine lauernde, tückische Intelligenz, die sich aus irgendeinem Grund entschlossen hatte, eine Weile lang alle Erniedrigungen über sich ergehen zu lassen, um dann ganz unvermittelt zuzuschlagen.

Doch welcher Drache würde zulassen, daß man ihm die Zähne aus den Kiefern stemmte?

Das Untier *mußte* tot sein.

Es dauerte ein wenig, aber schließlich fand Alberich sich damit ab, daß die größte Gefahr nicht von dem Drachenkadaver, sondern von den zwei Dutzend Kriegern ausging, die emsig über die verbrannte Heide schwärmten. Einige standen Wache, einer ganz in ihrer Nähe, aber die anderen umringten den Leichnam und ein Gebiet gleich daneben, wo der Boden von einer schwarzen Schlammschicht bedeckt war.

Das ist kein Schlamm! schoß es Alberich durch den Kopf. Es ist Blut. Der Blutsee des Drachen! Aber warum wirkte seine Oberfläche aus der Ferne so starr? Er war doch nicht etwa –

»Eingetrocknet!« flüsterte er tonlos und ihm war, als bräche der Himmel über ihm zusammen. »Er ist eingetrocknet!«

War das wirklich so verwunderlich, nach all den Wochen, die seit dem Tod der Bestie vergangen waren? Löwenzahn und Mütterchen hatten ihre Freiheit – und vielleicht gar ihr Leben – für einen falschen Traum vergeudet.

Doch da wisperte Geist: »Das Blut ist nicht eingetrocknet.«

»Nicht?« fragte er und versuchte, dem Wort einen höhnischen Klang zu geben. »Sieh doch, sie schlagen sogar mit Hacken darauf ein.« Das taten sie tatsächlich, wenn auch lustlos und ungezielt, dafür aber gleich an mehreren Stellen. Und nicht nur das hartgewordene Blut wurde mit Gewalt bearbeitet, auch der Drache selbst; rund um die klaffende Bauchwunde, die Siegfrieds Schwert Balmung der Bestie beigebracht hatte, hämmerten mehrere Sklaven unter der Aufsicht von Drachenkriegern auf den Kadaver ein. Doch Beile und Meißel glitten ab, ohne etwas auszurichten. Auch die Haut des Drachen war so hart wie Stahl. Trotzdem trieben die Krieger die Sklaven immer heftiger zu neuen Versuchen an, als brüllten sie sich so ihren Zorn und ihre Enttäuschung von der Seele. Und das sollte schon seit Wochen so gehen?

»Der Leichnam versteinert allmählich«, flüsterte Geist in Alberichs Ohr. »Ich habe gelauscht, als sich einige der Krieger darüber unterhielten. Sie vermuten, daß sich auf dem Blutsee nur eine feste Kruste gebildet hat, genau wie auf einer Wunde, daß aber die unteren Schichten noch flüssig sind. Wie es scheint, versuchen sie nun von unten heranzukommen?«

»Wie das?«

»Sieh mal nach vorne, zum Rand der Klippe.«

Alberich mußte sich dafür weit aus ihrem Versteck beugen, was ihm keineswegs behagte. Er sah, daß kurz vor dem Abgrund eine Seilwinde aufgebaut war. Feste Stricke spannten sich straff über die Kante hinweg in die Tiefe. Von hier aus konnte er jedoch nicht sehen, wohin sie führten.

»Ich hab's mir angeschaut«, erklärte Geist. »Die Klippe springt weit vor, wie ein riesiger Vogelschnabel. Die Krieger haben an den Seilen Männer herabgelassen, die von unten einen Stollen in den Fels treiben. Offenbar ist der Weg von dort aus zu den tieferen Regionen des Blutsees kürzer, als würden sie es von oben versuchen.«

Alberich nickte nachdenklich. »Und da sie die Arbeit von Sklaven verrichten lassen, ist ihnen die Gefahr, in der die Arbeiter schweben, gleichgültig.«

»Sie haben unterhalb des Stollens ein hölzernes Auffangbecken in der Felswand verankert, das gewährleisten soll, daß kein Tropfen des Drachenblutes verlorengeht.«

Der Zwerg spähte über die Kante hinweg in die pechschwarze Nacht. »Wie hoch über dem Rhein sind wir hier?«

Geist hob die Schultern. »Zwanzig bis dreißig Mannslängen, grob geschätzt.«

»Und der Fluß strömt direkt um den Fuß der Felsen?«

»Soweit ich es sehen konnte, ja. Der Rhein macht einen engen Bogen, genau um diese Klippe.«

Alberich seufzte schwer. »Wie sollen wir jemals an das Blut herankommen, wenn es nicht einmal all diesen Männern gelingt?«

»Sie werden es schaffen«, ermutigte ihn Geist. »Früher oder später wird ihr Stollen den Grund des Blutsees erreichen.«

»Du meinst, wir sollten warten, und dann versuchen, ihnen das Blut abzuluchsen?« Alberich stöhnte. »Es sind so viele! Sie werden uns erschlagen, wenn sie nur unsere Nasenspitzen sehen, erst recht, wenn wir hinüberspazieren und höflich um ein Faß von ihrem Drachenblut bitten.«

Geist nickte. »Sie sind ungeduldig. Die Krieger vermuteten, daß die Kruste des Sees immer dicker wird, bis schließlich auch der letzte Tropfen davon aufgezehrt wird. Die Zeit drängt, und ihr Anführer ist unzufrieden.«

Noch einmal blickte Alberich zur erstarrten Oberfläche des Blutsees hinüber. Sie war fast kreisrund, mit einem Durchmesser von fünfzehn Menschenschritten. Was aber die Tiefe des Sees anging, so gab es auf sie keinen Hinweis. Da die Krieger versuchten, von unten zum Drachenblut vorzustoßen, war anzunehmen, daß das Becken etliche Schritte in den Boden reichte.

Plötzlich fiel Alberich etwas auf, und der Gedanke schürte neues Mißtrauen gegen seine Begleiterin in ihm. »Woher weißt du soviel über diese Männer? Du hast gesagt, du warst hier, als ich schlief. Aber als ich erwachte, war der Mond nur unmerklich weitergewandert. Du kannst also gar keine Zeit gehabt haben, dich so genau umzuschauen.« Instinktiv rückte er einen weiteren Schritt von ihr fort und faßte den Griff der Goldgeißel fester.

Ihre Augen musterten ihn voller Verwunderung. »Keine Zeit gehabt?« wiederholte sie irritiert. »Du hast einen ganzen Tag verschlafen, Alberich. Als du aufgewacht bist, war bereits die nächste Nacht angebrochen. Weißt du das denn nicht?«

»Ist das wahr?« fragte er voller Argwohn. Und zugleich dämmerte ihm, was das bedeuten mußte. »Heißt das, Mütterchen und Löwenzahn sind schon mehr als einen Tag in der Gewalt dieser Krieger?«

»Aber ja.«

Er sprang auf, jetzt wieder im Schutz des Findlings. »Ich muß sofort zu ihnen. Wer weiß, ob sie noch am Leben sind.«

Geist zuckte mit den Achseln. »So wie es aussieht, können wir hier ohnehin nichts tun als abzuwarten.«

Alberich wollte bereits loseilen, doch Geist rief ihn leise zurück. »Warte! Es gibt einen schnelleren Weg als den auf deinen kurzen Beinen.«

»Kurzen, kräftigen Beine«, verbesserte er beleidigt.

»Sieh mal zur Höhle hinüber.«

Der Zwerg kauerte sich wieder in einigem Abstand von Geist auf den Boden und folgte mit seinem Blick ihrer weißverhüllten Hand.

»Kannst du es sehen?« fragte sie.

Angestrengt starrte er zum Höhlenschlund. Das Innere war rabenschwarz. In der Finsternis regte sich etwas, ohne daß Alberich erkennen konnte, was es war.

»Was machen die da?«

»Sie plündern die Schätze des Drachen«, sagte Geist und sah sich vorsichtshalber nach dem Wächter um, der ihnen am nächsten stand. Er stützte sich schwer auf seine Lanze, blickte dabei zu Boden und hatte ihr Flüstern nicht bemerkt. Offenbar war er im Stehen eingeschlafen.

»In regelmäßigen Abständen fahren Pferdekarren in die Höhle und kommen mit Erdreich beladen wieder heraus«, fuhr das Mädchen fort. »Darunter versteckt liegt das Gold des Drachen. Sie bringen es von hier aus zum Turm, wo deine Freunde gefangengehalten werden.«

»Du glaubst, wenn wir freundlich fragen nehmen sie uns vielleicht mit?«

»Die Karren werden nicht bewacht. Es soll keiner auf den Einfall kommen, es könne sich etwas Wertvolles unter all dem Dreck verbergen. Wenn wir den nächsten Wagen irgendwo am Weg erwarten und es uns gelingt, aufzuspringen, dann sind wir in einem Viertel der Zeit am Turm, besser noch, *im* Turm.«

»Narretei!« fuhr er sie an. »Man wird uns sofort auf dem Karren entdecken. Oder willst du dich in die Erde graben?«

Wieder verschoben sich die Binden vor ihrem Gesicht, als sie leise lachte. »Das laß nur meine Sorge sein.«

Er blickte sie ohne rechtes Zutrauen an. »Das ist ein ziemlich vager Plan, Kindchen.«

»Verlaß dich nur auf mich.«

»Du machst es einem nicht leicht.«

»Das weiß ich.«

Er verkniff sich ein zwergisches »Hmpf!«, dann nickte er zögerlich. »Na, schön«, sagte er leise. »Ich bin neugierig.«

Sie kicherte nur und lief lautlos zurück ins Gebüsch.

⁂

Wenig später hockten sie unweit eines Waldweges in dornigem Dickicht. Ein besonders scheußlicher Stachel, so lang wie ein Finger, ragte unweit von Alberichs Gesicht aus den Büschen. Bei jeder Bewegung drohte er sich in seine Nasenknolle zu bohren. Der Zwerg fluchte leise.

»Psst!« flüsterte Geist und hob einen umwickelten Finger vors Gesicht. »Mach nicht so einen Krach.«

»Du hast gut reden«, zeterte er. »Es ist ja auch nicht deine Nase, die fast aufgespießt wird.«

»Wenn du weiter so schreist, wird es nicht nur deine Nase sein, die man aufspießt.«

Geist hatte ihn in einem weiten Bogen um die Drachenheide zu dieser Stelle im Wald geführt, mehrere Steinwürfe vom Höhleneingang entfernt. Das Unterholz war hier außerordentlich dicht und verwachsen, ein Hinweis darauf, daß der Drache seine Klippe selten verlassen hatte. Noch immer hatte das Mädchen Alberich nicht verraten, wie es sie beide ungesehen auf den Karren bekommen wollte.

»Hörst du schon etwas?« fragte sie.

»Nur meinen Magen. Ich habe seit anderthalb Tagen nichts gegessen.«

Sie deutete auf ein paar rote Beeren, die vor ihm im Dornbusch baumelten. »Iß die. Ein paar davon werden dich nicht umbringen.«

»Klingt wie ein guter Ratschlag«, erwiderte er verbissen.

Geist kicherte wieder, dann schob sie sich rückwärts aus dem Buschwerk in die Finsternis des Waldes.

»Was tust du?«

»Meine Vorbereitungen treffen.« Sie stand jetzt so weit im Dunkel, daß sie nur noch als bleicher Schimmer zu erkennen war. Sie tat irgend etwas mit ihren Verbänden.

Es dauerte nicht lange, da hörte Alberich aus östlicher Richtung das Knirschen und Rattern von Karrenrädern, durchsetzt von leisem Pferdewiehern. »Es ist soweit«, zischte er nach hinten.

Geist antwortete nicht.

Als Alberich sich umschaute, wurde ihm mulmig. Das Mädchen war verschwunden. Hatte sie ihn im Stich gelassen? Oder gehörte das gar zu ihrem Plan?

»Hier bin ich«, flüsterte eine Stimme. Zu seinem Schrecken kam sie aus der entgegengesetzten Richtung – direkt vom Weg!

Er wirbelte herum, und da war sie. Oder auch nicht.

Sie war nicht unsichtbar, keineswegs, aber das, was sie getan hatte, kam sehr nah an Unsichtbarkeit heran. Erst glaubte er, sie hätte sich mit Erde und Grünzeug beschmiert, doch dann schienen ihm die Farben und Muster zu perfekt, zu vollkommen die Anordnung der unterschiedlichen Töne, die sie fast völlig mit dem Hintergrund verschmelzen ließen. Er verstand nicht, was sie getan hatte, aber es war zweifellos keine natürliche, keine menschliche Angelegenheit.

»Wie machst du das?« fragte er staunend durch die Dornenzweige hindurch.

Statt einer Antwort sagte sie tonlos: »Glaubst du mir jetzt, daß ich krank bin?«

»Wie man's nimmt.«

»Es *ist* eine Krankheit. Wenn du dein ganzes Leben so zubringst, ist es die schlimmste Seuche von allen.«

»Auf alle Fälle ist es keine Lepra.«

»Es löst mich genauso auf, zumindest in den Augen anderer.«

»Aber du bist noch da. Ich meine, ich könnte dich doch anfassen, oder?«

Ihre blauen Augen – tatsächlich waren das die beiden einzigen Punkte ihres Körpers, die nicht die Farbe des Hintergrundes angenommen hatten – ruckten herum. »Keine Zeit!« wisperte sie, denn im gleichen Augenblick ratterte der Karren um die Wegkehre.

Alberich sah, daß sie unrecht gehabt hatte. Der Wagen war bewacht – von einem halben Dutzend schwerbewaffneter Krieger. Wahrscheinlich eine Folge seiner Flucht. Einen Augenblick später aber begriff er, daß nicht er selbst es war, den sie fürchteten. Es war der Drachenzahn an seinem Hals.

Jeder der sechs Krieger besaß ebenfalls einen. Damit schied der Versuch aus, sie durch einen Hornstoß von ihren Rössern zu werfen, denn Alberich wagte noch immer nicht, die Magie der Hörner zu kreuzen.

Der Weg war in fahles Mondlicht getaucht, und das verstärkte noch die Wirkung von Geists Chamäleonzauber. Alberich blickte sich um und entdeckte die schmutzigen Verbände des Mädchens hinter sich am Boden. Ohne zu überlegen, knüllte er sie zusammen und steckte sie unter sein Wams. Dann sah er zu, was auf dem Weg geschah.

Vier Männer ritten in Zweiergruppen vor dem Karren, die beiden anderen dahinter. Der Wagen selbst, ein Zweispänner, wurde von einem Mann mit Drachenwappen, aber ohne Rüstzeug gelenkt. Hinter ihm auf der großen Ladefläche lag ein hoher, unregelmäßiger Berg aus Erdreich.

Als die beiden ersten Reiter die Stelle erreichten, wo Geist mitten auf dem Weg stand, machten ihre Pferde plötzlich einen Satz nach vorne. Alberich glaubte schon, die Tiere hätten das Mädchen niedergetrampelt, doch einen Augenblick später sah er sie wieder, ein verschwommener Schemen, der bei jeder Bewegung die

Schattierung seines Hintergrunds annahm. Hätte der Zwerg nicht genau gewußt, daß da jemand war, er hätte sie übersehen, genauso wie es die Krieger taten.

Auch die beiden nächsten Pferde scheuten, und ein Mann brüllte etwas von Schlangen auf dem Boden, woraufhin alle in noch größere Aufregung verfielen, denn nun fürchteten sich nicht nur die Tiere, sondern auch ihre Reiter. Über den Lärm hinweg glaubte Alberich das leise Kichern des Mädchens zu hören. Bei den Alben, er hatte sie wahrlich unterschätzt!

Die hintere Eskorte des Karrens sprengte an dem Wagen vorbei, wohl in der Hoffnung, daß die Schlangen durch ihre Kameraden abgelenkt waren – nicht gerade ein feiner Zug. Somit war die Rückseite des Karrens ungeschützt.

Während die Männer noch in Panik zu Boden starrten und das Gras auf dem Weg nach Schlangenleibern durchforschten, wurde Alberich plötzlich von einem schemenhaften Arm gepackt und mit einem Ruck aus dem Gestrüpp gezogen. Der Dorn blieb in seiner Nase stecken und brach ab. Mit unerhörter Kraft wurde Alberich auf die Ladefläche des Wagens geschleudert. Nur mühsam unterdrückte er einen Aufschrei, der teils vor Schreck und teils vor Schmerzen in ihm aufstieg, dann blieb er in einer Vertiefung zwischen zwei Erdwällen liegen.

Sapperlot, fluchte er im stillen, hatte Geist denn vergessen, daß er keineswegs so unsichtbar war wie sie selbst?

Im selben Moment landete der Körper des Chamäleonmädchens auf ihm. Sie war federleicht. »Beweg dich nicht!« wisperte ihre Stimme in sein Ohr, dann schlang sie Arme und Beine um ihn, bis sie ihn völlig bedeckte; da sie fast doppelt so groß war wie er selbst, bereitete ihr das keine Schwierigkeiten. Die Dunkelheit und die weiche Erde taten ein übriges, die Lücken zu schließen.

Er ahnte sehr wohl, was sie plante, zweifelte aber, ob ihr Vorhaben gelingen konnte. Wenn ihr Körper wirklich die Farbe jeden Hintergrunds annahm, würden dann nicht seine eigenen Umrisse deutlich auf ihr zu erkennen sein?

Alberich schloß ergeben die Augen und hoffte das Beste. Wie sehr er sich wünschte, den schmerzhaften Stachel aus der Nase zu ziehen! Aber er wußte, daß die Bewegung sie beide verraten hätte.

Nur wenig später kehrte der Troß zu seiner alten Ordnung zurück. Zwei Männer der Eskorte ließen sich zurückfallen, bis sie wieder hinter dem Wagen ritten. Keiner der beiden bemerkte die unerwünschten Mitreisenden. Geist klammerte sich geschmeidig an Alberich. Ihre Umarmung raubte ihm den Atem. Nicht weil das Mädchen nackt war – es gab keine körperliche Anziehung zwischen Zwergen und dem Großen Volk –, sondern weil die enge Klammer ihrer Arme und Beine ihm die Brust zuschnürte. Er spürte, wie ihr eigener Brustkorb sich über ihm hob und senkte, und ihr aufgeregter Atem an seinem Ohr erschien ihm laut und verräterisch. Die Krieger aber hatten andere Sorgen als die Erdwälle auf dem Karren im Auge zu behalten, und die Geräusche gingen im Rattern der Wagenräder unter.

Wenn Alberich die Augen aufschlug, blickte er genau auf Geists Schlüsselbein. Es war keineswegs schwarz wie der Nachthimmel hinter ihr, sondern hatte die Farbe dunkler Erde. Offenbar konnte das Mädchen nur die Farben der Wälder nachahmen.

Alberich hatte schon von Wesen wie ihr gehört, und es gab jetzt keinen Zweifel mehr, daß sie bei ihrer ersten Begegnung gelogen hatte.

»Du bist kein Mensch«, zischte er leise. »Ich kenne solche wie dich. Du bist ein Moosfräulein.«

Geist gab keine Antwort. Dennoch war er sicher, daß sie ihn trotz des Räderlärms verstanden hatte, denn sie zuckte leicht bei seinen letzten Worten.

Die Moosfräulein ... Bislang hatte er angenommen, daß ihr Volk mit all den anderen Wald- und Berggeistern aus dieser Gegend verschwunden war. Seit die Magie im Sterben lag, sah man ihresgleichen nur noch selten.

War Geist, wie er selbst, die letzte ihrer Art? Wie er selbst – und wie der Drache?

Drache, Zwerg und Waldgeist – drei Relikte eines Zeitalters, als noch der Zauber die Welt regierte. Was hatte das Schicksal mit dieser Vereinigung im Sinn?

Und war es wirklich nur der Zufall, der sie an diesem Ort zusammenführte?

Mütterchen wurde aus leichtem Schlummer gerissen. Ein metallisches Rasseln an der Gittertür ihres Kerkers. Jemand löste die Ketten. Sofort waren ihre Augen offen und blinzelten in grelle Fackelglut. Da wußte sie: Nach einer Nacht und einem Tag war es soweit. Der Geweihte kam, um sich ihrer anzunehmen. Auf welche Art auch immer.

Der Tag war düster und kühl gewesen, ein graues Einerlei, in dem niemand ihnen Beachtung geschenkt hatte. Am frühen Abend waren zwei Krieger erschienen und hatten die arme Marret fortgeschleppt, zum Turm und zu Ugo. Was das Mädchen in seinen fetten Fingern zu erdulden hatte, vermochte Mütterchen sich vorzustellen, aber die Gedanken daran taten weh. Und doch war es in Wirklichkeit nicht der wahnsinnige Graf, den sie zu fürchten hatten. Ihr Gegner war ein anderer, der Meister der Drachenkrieger.

Zwei Männer traten ein und hielten Löwenzahn mit ihren Schwertern in Schach. Mütterchen ließen sie unbehelligt.

»Ihr seid alt geworden«, sagte der Geweihte, als er zwischen zwei weiteren Kriegern in den Kerker trat und die Räuberin eingehend musterte.

»Sollte ich Euch kennen?« fragte sie und erschrak, wie brüchig ihre Stimme klang. Sie *war* alt geworden, und der Aufenthalt in diesem Loch war nicht gerade ein Jungbrunnen für ihre Verfassung.

»Ich kenne Euch«, erwiderte der Geweihte, »so wie jeden hier in diesem Land. Macht Euch darüber keine Gedanken.«

Seinen Namen hatte er nicht aufgrund einer Weihe erhalten, wie Mütterchen zu Anfang vermutet hatte. Es hatte nichts mit seinem Glauben oder der alten oder neuen Religion zu tun.

Vielmehr trug der Herr der Drachenkrieger die merkwürdigste Rüstung, deren Mütterchen je angesichtig geworden war. Sie war aus den Enden von Hirschgeweihen gefertigt, ein enges, beinhartes Gitternetz, das seinen ganzen Körper umschloß wie ein Gewimmel aus warzigen Schlangen. Sie fragte sich, wie viele Hirsche er hatte erlegen müssen, um Geweihe zu finden, deren Spitzen so eng gewunden waren, daß sie um seine Arme und Beine paßten. Sogar sein Kopf war von einer schützenden Geweihmaske umschlossen; es sah aus, als hätte eine riesige Spinne vom Hinterkopf aus ihre Beine um sein Gesicht gelegt. Zwischen den Hornspitzen tanzte das Fackellicht über scharfe Wangenknochen und tiefliegende Augen. Sein Schädel war kahl und narbig.

»Was wollt Ihr von uns?« fragte Mütterchen. Ihre Stimme schwankte leicht. Es war eine dumme Frage, geeignet nur, um Zeit zu schinden. Aber wofür? Es gab keine Rettung aus diesem Verlies.

»Ihr wißt es, ich weiß es, deshalb laßt es uns kurzmachen. Wer ist Euer entflohener Gefährte?«

»Was liegt Euch an ihm?«

»Sagen wir, er besitzt etwas, das mir einiges wert ist.« Lächelte er, oder war es nur der flackernde Fackelschein, der die Geweihschatten auf seinem Gesicht erbeben ließ?

Er will das Horn zurück, dachte Mütterchen. Wir hätten das verfluchte Ding bei dem Toten lassen oder besser noch in den Fluß werfen sollen.

»Erwartet Ihr, daß ich einen Freund ans Messer liefere?« fragte sie und gab sich Mühe, abfällig zu klingen, so, als könne es gar keinen Zweifel an ihrer Aufrichtigkeit geben. Aber insgeheim wußte sie, daß ihr greiser Körper einer Folter nicht standhalten würde.

Als sie ihm kühn in die Augen blickte, las sie darin zu ihrem Entsetzen, daß ihm dieselben Gedanken durch den Kopf gingen. Er wird mich auf jeden Fall foltern, schoß es ihr durch den Kopf. Auf einen Schlag vervielfachte sich ihre Furcht.

Doch dann sagte er zu ihrem Erstaunen: »Wer spricht von *päkern?*«

Päkern war ein Wort aus der Räubersprache und bedeutete ermorden. Mütterchen wunderte sich nicht, daß er die geheime Zunge der Wegelagerer beherrschte; wahrscheinlich war er selbst einst ein gewöhnlicher Räuber gewesen. Beinahe gegen ihren Willen erzeugte der Begriff, den sie so lange nicht mehr gehörte hatte, ein Gefühl von Wärme in ihr. Erinnerungen stiegen in ihr auf, an eine glorreiche, eine bessere Zeit.

»Wenn Ihr ein Kabber seid, warum verschüttet Ihr mich und werft mich in die Kitte?« fragte sie und appelierte an seine Räuberehre: *Wenn Ihr ein Diebeskamerad seid, warum nehmt Ihr mich gefangen und werft mich ins Verlies?* Sie empfand fast etwas wie Vergnügen daran. Plötzlich war alles wieder in ihr, die verschlüsselte Sprache von damals, ihre Kraft, die Freude am Leben. Vielleicht war der Geweihte kein so übler Kerl, wie es anfänglich scheinen mochte.

Er kam auf sie zu, bis sie einander fast berührten. Sein Blick bohrte sich in ihre Augen, brachte mit unsichtbaren Fühlern ganz bestimmte Saiten in ihrem Inneren zum Klingen. Sie spürte es und öffnete ihren Geist bereitwillig für sein Tasten. Wann hatte sie sich zum letzten Mal so wohl gefühlt?

»Alte Schicksel«, flüsterte er freundlich, »ich fühle, wie der Mohr Euch holt.« *Altes Mädchen, ich fühle, daß Ihr Euch fürchtet.* »Dabei war's der Kaftling, der mein eigen gegampft, und nicht Ihr.« *Dabei war's das kleine Schwein, das mein Eigentum stahl, und nicht Ihr.* »Wißt Ihr, wo der Schottenfeller sich verkabbert? Sagt's und schrobbert frei davon.« *Wißt Ihr, wo der Dieb sich versteckt? Sagt's und zieht unbehelligt weiter.*

Bilder flirrten durch Mütterchens Geist, von den Abenden im Kreise ihrer alten Kumpanen, alle längst tot, aber in ihrer Erinnerung lebendiger denn je. Sie sah ihre Triumphe, ihre Siege über Ritter und Krieger, sah reiche Händlerschweine im Pferdedung kriechen und sich selbst mit einem Jubellied auf den Lippen.

Weiter und weiter sprach der Geweihte auf sie ein, benutzte dabei die alte Sprache der Räuberhöhlen und

Verliese, ein Kauderwelsch aus deutschen und hebräischen Worten, wie es sich einst unter ihresgleichen eingebürgert hatte.

Und obgleich sie nicht wußte, wohin Alberich geflohen war, so war sie doch drauf und dran, dem Geweihten alles über den Zwerg zu erzählen, über den Hohlen Berg und den schutzlosen Hort, über ihre Reise zum Drachen und ihr Ziel, in seinem Blut zu baden.

Schon öffneten sich ihre Lippen, dem neuen Freund den alten zu verraten, als plötzlich eine Stimme schrie: »Mütterchen, komm zu dir!«

Es war Löwenzahns Stimme, und sogleich brachte ihn ein Hagel aus Fußtritten zum Schweigen. Doch die wenigen Worte reichten aus, um Mütterchen zurück in die Wirklichkeit zu reißen. Erschrocken blickte sie den Geweihten an, sah, wie sein triumphierendes Lächeln in Zorn umschlug. Blitzschnell wich sie vor ihm zurück, drei, vier Schritte weit, bis ihr Rücken gegen die Kerkerwand stieß. Das war nicht ihr eigener Wille gewesen, der sich da in ihr breitgemacht hatte.

Es sind seine Augen! durchzuckte es sie. Seine verfluchten dunklen Augen!

Einen Moment lang sah es aus, als würde der Geweihte Befehl geben, sie zu töten. Lodernde Wut tobte über seine Züge, ein so verzehrender, mörderischer Haß, daß Mütterchen fast glaubte, ihn körperlich zu spüren. Doch dann, von einem Herzschlag zum nächsten, erlosch sein Zorn, und an seine Stelle trat der Anschein von Gleichgültigkeit.

»Gut«, sagte er sachlich. »Ihr wollt es so. Ich gebe Euch bis zum Morgengrauen. Solltet Ihr mir dann nicht sagen, was Ihr über den Zwerg wißt, wird sich mein Folterknecht Eurer annehmen. Und ich werde ihm mit größtem Vergnügen zur Seite stehen.«

Mütterchen starrte ihn in plötzlichem Begreifen an. »Es ist gar nicht das Horn, nicht wahr?«

»Wie meint Ihr das?« fragte er, obgleich er die Antwort doch kannte.

»Es geht Euch um den Zwerg, nicht um das Horn, das er trägt. Was wollt Ihr von ihm? Was macht ihn so wertvoll für Euch?«

Der Geweihte verzog die Mundwinkel zu einem sperrigen Lächeln, dann drehte er sich auf der Stelle um und verließ den Kerker. Seine vier Krieger folgten ihm und schlangen die Kette um das Gitter. Ein Vorhängeschloß, so groß wie Löwenzahns Schädel, schnappte ein.

Mütterchen sprang vor und krallte die knochigen Finger um die Eisenstäbe.

»Ihr werdet ihn niemals fangen!« schrie sie ihren Feinden nach. »Hört Ihr? Niemals!«

Aber das war Wunschdenken, und sie wußte es genau.

Mütterchen kümmerte sich um den angeschlagenen Löwenzahn, kühlte seine Schwellungen mit Wasser aus einem Napf, der in der Ecke stand, und betete insgeheim, daß sich seine Wunden nicht entzünden würden. Er selbst ließ sich kaum anmerken, welche Schmerzen ihn quälten. Er sprach klar, fast vergnügt, und er ließ sich nicht davon abhalten, ein weiteres Mal an dem Gitter zu rütteln, in der vergeblichen Hoffnung, es aus der Verankerung zu brechen. Danach saßen sie beide schweigend in der Ecke, dachten über diese und jene Fluchtmöglichkeit nach, nur um sie dann wieder zu verwerfen.

Durch das Gitter drang der Lärm vom Innenhof herein, das unermüdliche Klatschen der Peitschen auf Sklavenrücken, die Schmerzensschreie und groben Befehle. Spitzhacken krachten in den Tiefen der Schächte, und immer wieder wurden die Männer dort unten mit Wasser begossen. Mütterchen hatte längst aufgehört, sich über den Sinn Gedanken zu machen. Zum ersten Mal seit langer Zeit war sie nah daran, alle Hoffnung fahren zu lassen. Sie fühlte sich leer und nutzlos, und das Eindringen des Geweihten in ihren Geist hatte eine merkwürdige, unsichtbare Wunde in ihr hinterlassen. Nie in ihrem Leben hatte sie sich so gedemütigt, so hintergangen gefühlt.

Einige Stunden mochten vergangen sein, als ein weiteres Mal Gestalten vor der Gittertür erschienen. Im Gegenlicht der Feuerbecken waren es nur Silhouetten, zwei an der Zahl. Dennoch bereitete es keine Schwierigkeiten, die kleine fette Gestalt des Grafen Ugo zu erkennen. An seiner Seite führte er, an einer rasselnden Kette wie einen Hund, das Mädchen Marret. Sie schluchzte leise, folgte dem Fetten aber fügsam und treu.

Ugo, der von nahem kleiner und jünger wirkte als oben am Fenster, trug sein Nachtgewand. Einstmals war es wohl weiß gewesen, doch jetzt war der Stoff beschmutzt von Flecken alle Art, von Essensresten bis zu Körpersäften. Sein Gestank überlagerte sogar die fauligen Gerüche des Kerkers.

Wortlos, wenn auch leise vor sich hin kichernd, zog er einen großen Schlüssel hervor und steckte ihn in das Vorhängeschloß. Ehe er ihn drehen konnte, fiel Marret plötzlich auf die nackten Knie.

»Bitte, Herr Graf, laßt mich bei Euch bleiben. Ich war immer gut zu Euch und will es auch weiterhin sein.«

»Gut?« keifte der Fette. Mehrere Krieger drehten sich draußen auf dem Hof nach ihm um, verloren aber schnell ihre Neugier. Keiner kam näher. »Gut willst du gewesen sein? Ein Stück Fleisch bist du, rohes, grobgehauenes Fleisch. Dein Leiden bereitet mir kaum noch Freude.«

Marret mißverstand ihn. »Dann wollt Ihr bald schon freundlich zu mir sein, Herr Graf? Kein Leiden mehr? Werden wir wieder Freunde sein wie früher?« Und dann sang sie mit tränenerstickter Stimme:

Petersilje Suppenkraut
Wächst in unserm Garten.

Unser Annchen ist die Braut,
Soll nicht lang mehr warten.
Roter Wein, weißer Wein,
Morgen soll die Hochzeit sein.

Ugo holte mit seinem dicken, kurzen Bein aus und trat ihr mit aller Kraft in die Seite. Marret fiel in den Schmutz, krümmte sich keuchend zusammen. Der fette Junge setzt nach, trat ihr in den Magen und riß sie dann an den Haaren nach oben. Sie wehrte sich nicht, weinte nur bitterlich.

»Jetzt flennst du wieder, Miststück. Ich habe auch geweint in meinem Gefängnis, viele, viele Nächte lang. Aber hast du mich rausgelassen? Hast du mir geholfen?«

Marret brabbelte irgendeine Antwort. Das einzige, was Mütterchen verstehen konnte, war das unvermeidliche »gut zu Euch«.

Mütterchen unterdrückte mit aller Macht den Wunsch, dem widerwärtigen Kerl an die Kehle zu gehen. Das Gitter schützte ihn sicherer als jede Kriegereskorte.

Dabei wurde ihr zum ersten Mal bewußt, daß Ugo gar keine Krieger bei sich hatte. Konnte es sein, daß der Geweihte gar nicht wußte, daß seine Marionette auf eigene Faust hierhergekommen war?

Ganz langsam, unter aller gebotenen Ruhe, näherte sie sich der Gittertür. Der Schlüssel steckte noch immer im Schloß.

»Miststück! Miststück!« wetterte Ugo weiter und hatte dabei den Rücken zum Gitter gewandt. Mit wedelnden Armen blickte er auf Marret herab, die immer noch vor ihm im Dreck lag. »Rohes Fleisch bist du. Rohes, unbehauenes Fleisch. Mich ekelt davor, dich zu berühren.« Plötzlich stand er nur noch auf einem Bein und hatte alle Mühe, sein Gleichgewicht zu halten. »Siehst du? Mein Fuß, mit dem ich dich trat, er schmerzt vor Ekel! O wie er schmerzt!«

Mütterchen war bis auf zwei Schritte an die Gittertür herangekommen und streckte ganz langsam den Arm nach dem Vorhängeschloß aus. Noch ein Schritt.

Ugo hob die Hand, die das Ende von Marrets Kette hielt. »Ich werd' dich lehren, mir Ekel zu bereiten!« schrie er und wollte die Kette in Marrets Gesicht schlagen.

Im selben Augenblick sprang Löwenzahn von seinem Lager auf, stieß Mütterchen beiseite, krachte gegen das Gitter und ließ seinen Arm hinausschießen. Es gelang ihm, Ugos nach hinten ausholende Hand zu packen. Der fette Junge schrie auf.

Mütterchen fluchte und rappelte sich vom Boden auf. Fast hatte sie den Schlüssel gehabt! Mußte der Riese ausgerechnet jetzt den Helden spielen? Bald schon würden zwanzig Krieger am Gitter sein, um dem Grafen beizustehen.

Vielleicht, wenn sie schnell genug war, mochte sie den Schlüssel vorher packen und –

Doch soweit kam sie nicht mehr.

Im selben Moment ging der erste der drei Seilzüge in Flammen auf. Einen Herzschlag später der zweite, fast gleichzeitig der dritte. Innerhalb eines Atemzugs brach Panik aus. Der Innenhof verwandelte sich in ein einziges Chaos aus Geschrei und trampelnden Menschen. Das lauteste Brüllen aber drang aus den drei Gruben empor. Flammenregen ergoß sich von den Seilzügen in die Löcher und verbrannte die Arbeiter bei lebendigem Leibe.

Vor Schreck entglitt Löwenzahn Ugos Arm.

»Der Drache!« schrie der Junge und schien die Attacke des Riesen noch im selben Augenblick zu vergessen. Er ließ Marrets Kette fallen und sprang in wildem Freudentaumel auf und ab. »Sie sind auf eine Feuerader gestoßen! Endlich! Endlich Feuer!«

Mütterchen verschwendete keine Zeit damit, sich über das Gestammel des Wahnsinnigen zu wundern. Sie sprang vor und streckte die Hand durchs Gitter nach dem Schlüssel aus.

Marret war schneller. In Windeseile war das Mädchen heran und zog den Schlüssel aus dem Vorhängeschloß.

»Marret, verdammt!« rief Mütterchen. »Gib ihn her!«

Aber das Mädchen, die Augen vom Irrsinn verschleiert, schwenkte den Schlüssel in der Hand und rief dem hüpfenden Ugo zu: »Herr Graf, Ihr habt Euren Schlüssel vergessen! Hier, Euer Schlüssel, Herr Graf!«

Mütterchen brüllte vor Wut, und auch Löwenzahn

begann wie ein wildgewordenes Tier an den Stangen zu rütteln. Es war offensichtlich, daß Marret gar nicht wußte, was sie tat. Sie winkte nur weiter mit dem Schlüssel, ging aber in die Knie, weil die Schmerzen von Ugos Tritten sie abermals überkamen.

Der irre Graf beachtete sie nicht. Er hatte nur Augen für den Hexenkessel, in den sich der Hof der Festung in Windeseile verwandelte. Angst und Kreischen breiteten sich schneller aus als das Feuer rund um die Seilwinden. Die Flammen rasten an den Stricken entlang in die Tiefe, aber auch nach rechts und links zu den Verankerungen am Boden und in den Mauern. Die Drachenkrieger mühten sich vergeblich, die Sklaven unter ihre Knute zu zwingen. Schon erhoben sich die ersten Arbeiter gegen ihre Peiniger. Es war, als wäre ein Bann von den geknechteten Männern und Frauen gewichen. Einige standen umher, als wüßten sie gar nicht, wie sie an diesen Ort gekommen waren.

Mütterchen erinnerte sich schmerzlich an das, was der Geweihte ihr selbst angetan hatte, das tückische Tasten und Fühlen in ihrem Geist. War seine Macht groß genug, Hunderte von Sklaven in seine Gewalt zu zwingen?

»Marret, gib den Schlüssel her!« rief sie wieder und versuchte vergeblich, durch die Stäbe nach dem Mädchen zu greifen. Marret stand einen knappen Schritt zu weit entfernt. Der Glanz der Flammen brach sich auf der Oberfläche des Schlüssels. Das Mädchen hob ihn vors Gesicht und betrachtete ihn eingehend.

»Euer schöner Schlüssel, Herr Graf!« weinte sie und versuchte vergeblich, wieder auf die Beine zu kommen. »Laßt uns damit spielen, Herr Graf!«

Ugo aber taumelte von ihr fort in die Richtung der Seilwinden. Ein Krieger entdeckte ihn und wollte auf ihn zustürzen, doch ein anderer hielt ihn an der Schulter zurück, schüttelte den Kopf und deutete zum Wehrgang auf der Mauer, auf einen Punkt geradewegs über dem Kerker. Mütterchen konnte vom Gitter aus nichts erkennen; wohl aber bemerkte sie, daß auch von anderen Stellen des Hofes die Drachenkrieger auf eine Treppe zurannten, die hinauf zu den Zinnen führte.

»Marret!« schrie sie so laut sie nur konnte, denn der Lärm auf dem Hof war ohrenbetäubend.

Zum ersten Mal fruchteten ihre verzweifelten Mühen. Das Mädchen erkannte seinen Namen und wandte zögernd den Kopf zum Gitter.

»Ja, bitte?« fragte sie leise.

»Gib mir den Schlüssel!«

»Aber er gehört nicht dir.«

»Ich brauche ihn.«

»Er gehört Klein-Ugo.«

Mütterchen zwang sich zur Ruhe, was nicht leicht war in Anbetracht des Umstands, daß Löwenzahn neben ihr wie ein zorniger Stier gegen die Stäbe rannte. Sie erkannte jetzt auch den Grund: Funkenflug war durch das Gitter hereingeweht und hatte im hinteren Teil des Verlieses das Stroh in Brand gesetzt. Ein kleines, aber rasch anwachsendes Feuer züngelte über den Boden.

»Marret, noch einmal: Gib mir den Schlüssel, oder wir werden bei lebendigem Leibe verbrennen.«

Marret schlug die Augen nieder. »Ugo hat mich auch manchmal verbrannt. Das war nicht schön.«

»Den Schlüssel!«

»Und wenn Ugo ihn wiederhaben will?«

Die Feuersbrunst wuchs beständig an, fraß sich jetzt schon aufs Gitter zu.

»Ugo will ihn nicht mehr haben. Er hat ihn dir geschenkt.«

»Wirklich?«

»Aber ja doch. Sieh nur, da läuft er fort.« Mütterchen deutete mit zitternder Hand auf den Jungen, der zwischen den brennenden Seilwinden einhertaumelte, umgeben vom Gewimmel der Sklaven und Krieger.

»Das stimmt«, stellte Marret fest.

»Und wenn der Schlüssel dir gehört, kannst du damit tun, was du willst.« Mütterchen spürte die Hitze in ihrem Nacken. Die Flammen kamen immer näher. Löwenzahn sprang um sie herum und schabte mit dem Fuß das glimmende Stroh beiseite. Ein aussichtsloses Unterfangen.

»Gehört mir«, wiederholte Marret nachdenklich.

»Du willst doch nicht, daß mein Freund und ich verbrennen, nicht wahr? Also gib mir den Schlüssel, damit wir hier raus können.«

Noch hatten die Krieger anderes zu tun, als ihre Gefangenen zu beachten, aber jeden Augenblick mochte einer von ihnen erkennen, daß am Gitter ein

Fluchtversuch im Gange war. Derweil ertönte von oberhalb der Mauer, fast genau über dem Kerker, das Klirren von Schwertern, die heftig aufeinanderprallten. Über eine Holztreppe, zwanzig Schritte weiter rechts, rannten immer mehr Krieger zum Wehrgang empor. Auf den Stufen entstand ein regelrechtes Gedränge. Eine ganze Heerschar von Feinden mußte die Mauer über dem Verlies erstürmt haben.

Ein blechernes Prasseln ertönte, als ein toter Krieger unweit des Gitters zu Boden krachte. Er war mit gespaltenem Helm vom Wehrgang gefallen. Zwei weitere folgten. Einer verfehlte die am Boden kauernde Marret nur um Armeslänge. Sein Kopf war durch einen Schwertstreich fast von den Schultern getrennt und glotzte Mütterchen aus glänzenden Augen an.

Die vorderen Flammen waren jetzt nur noch eine Handbreit von Mütterchens und Löwenzahns Füßen entfernt. Marret starrte abwechselnd den Schlüssel, das Feuer und den umherspringenden Ugo an. Dann traf sie ihre Entscheidung.

»Hier!«

Mütterchen nahm ihr den Schlüssel mit zittrigen Fingern ab und steckte ihn ins Schloß. Augenblicke später ließ sich die Kette lösen. Das Gittertor schwang auf, und die beiden Gefangenen taumelten ins Freie.

Einige Atemzüge vergingen, in denen sie sich orientierten. Als Mütterchen sich umsah, erreichten die Flammen das Gitter. Spätestens jetzt mußten die Krieger auf sie aufmerksam werden.

»Los, wir müssen weg von hier!« rief Mütterchen dem Riesen zu. Löwenzahn packte die verwirrte Marret, klemmte sie sich unter den Arm und rannte los. Das Mädchen leistete keinen Widerstand, ließ alles willig mit sich geschehen.

»He, ihr!« brüllte ein Krieger und wandte sich ihnen zu. Über eine Entfernung von zehn Schritten kam er auf sie zu, in jeder Hand ein Kurzschwert.

Löwenzahn sah sich verzweifelt nach einer Waffe um. Das Schicksal meinte es gut mit ihm, denn im gleichen Moment stürzte ein weiterer Toter von den Zinnen herab, landete unweit der Gefährten am Boden. Löwenzahn setzte Marret ab, sprang vor und packte das Schwert des Leichnams. Mütterchen suchte ebenfalls nach einer Waffe, fand aber nur das Horn am Hals des Mannes. Sie ließ es hängen und kratzte statt dessen eine Handvoll Schmutz vom Boden. Während sich Löwenzahn dem Angreifer entgegenwarf, formte sie vier Kügelchen aus feuchtem Schmutz. Zwei steckte sie sich selbst in die Ohren, zwei preßte sie der willenlosen Marret in die Ohrmuscheln.

Mit heftigen Attacken trieb der zornige Koloß den Drachenkrieger zurück zur Mauer. Einen Augenblick später hieb er ihm die Klinge durchs Schlüsselbein hinab in die Brust. Schweigend brach der Krieger zusammen und starb.

Die Schlacht im Hof zwischen Sklaven und Kriegern war in ihrem Gewimmel so unübersichtlich, daß nicht auszumachen war, welche Seite die Oberhand gewann. Zwar kämpften die Krieger unter voller Bewaffnung und waren durch Helme und Brünnen geschützt, doch die Sklaven waren ihnen an Zahl um ein Vielfaches überlegen. Immer wieder gingen einzelne Drachenkrieger unter dem bloßen Ansturm von Körpern zu Boden. Überall tobten Duelle zwischen den Männern des Geweihten und verzweifelten Sklaven, die die Waffen der Toten ergriffen hatten. Einige der Drachenkrieger trugen Hörner, doch niemand machte Anstalten, sie einzusetzen. Ihr Meister mußte klare Befehle gegeben haben.

Mütterchen rief Löwenzahn zu, sich ebenfalls feuchte Erde in die Ohren zu stopfen. Er tat es, wenn auch widerwillig, dann liefen sie gemeinsam in die Richtung des Haupttors. Der Riese zog die stolpernde Marret hinter sich her.

Plötzlich blieb Mütterchen stehen. Sie wußte noch immer nicht, wem sie das Chaos zu verdanken hatten. Neugierig fuhr sie herum und blickte hinauf zu den Zinnen, in der Erwartung, ein feindliches Heer zu erblicken, das über die Wehrgänge quoll.

Dort aber stand, einsam und grimmig im Ansturm der Drachenkrieger, ein einzelner Mann.

Mütterchen fuhr wie vom Blitz getroffen zusammen, als sie ihn erkannte.

»Der Rabengott!« entfuhr es ihr fassungslos.

Auch Löwenzahn starrte beeindruckt zur Mauer empor. Der Anblick verschlug ihm die Sprache.

Schwarz wehte der lange Mantel des Gottes im

Wind, und grausam wütete sein Schwert unter den Kriegern des Geweihten. Der Langbogen, mit dem er die Seilwinden in Brand geschossen hatte, lag achtlos am Boden. Die langen Rabenfedern an seinen Schultern flatterten wie lebende Vogelschwingen. Aufgrund der Enge konnten ihm immer nur zwei zugleich entgegentreten. Vor ihm türmte sich bereits ein Wall aus Toten und Verwundeten auf, den er geschickt als Schutz für sich zu nutzen wußte. Und immer noch schlug und hackte seine Klinge, ließ Brustpanzer bersten und Helme zerspringen. Bereits ein gutes Dutzend Männer mußte seiner Wut zum Opfer gefallen sein, und immer noch kamen mehr und mehr die Stufen heraufgestürmt, kletterten über die Leichen ihrer Kameraden und drangen auf den Kämpfer ein.

In Mütterchens Kopf herrschte eine unheimliche Stille. Durch die Erdbrocken in ihren Ohren nahm sie nichts wahr; alles, was sie hörte, war das Rauschen ihres eigenen Blutes, ihr Pulsschlag und das aufgeregte Wummern ihres Herzens. Die Schlacht um sie herum erschien ihr immer unwirklicher, und das Auftauchen des Rabengottes verstärkte diesen Eindruck. Ihr war, als stolperte sie durch einen blutrünstigen Traum.

Unterhalb der Mauer hatte eine Reihe von Armbrustschützen Aufstellung bezogen. Sorgfältig legten sie auf den schwarzen Kämpen oben auf den Zinnen an. Dann zuckten die Bolzen empor.

Alle bis auf einen schlugen in einen verwundeten Drachenkrieger, den der Kämpfer im letzten Augenblick als Schutzschild vor den eigenen Körper riß. Eine Stahlspitze aber durchschlug das Bein des Toten und bohrte sich dahinter in den Oberschenkel des Rabengottes.

»Er ist kein Gott«, flüsterte Mütterchen gebannt. Ihrer Ehrfurcht aber tat das keinen Abbruch; was für ein Mensch nahm es freiwillig mit solch einer Übermacht auf?

Ihr blieb keine Zeit, darüber nachzudenken. Löwenzahn rannte plötzlich auf sie zu, stieß sie grob an und bedeutete ihr stumm, zum Tor zu laufen. Marret war noch immer hinter ihm, ihr Handgelenk in seiner Faust, mit unglücklicher Miene und dem Glanz der lodernden Feuer in den Augen.

Noch zwanzig Schritte mochten sie vom heißumkämpften Torbogen trennen, als die ersten Krieger und Sklaven ihre Waffen fallenließen und die Hände vor die Ohren schlugen.

Da wußte Mütterchen, daß der Zorn des Geweihten über sie kam.

Alberich lauschte wieder der Melodie, die nur in seinem Kopf ertönte, als ihn ein heftiger Ruck aus seinen Träumen riß. Er schlug die Augen auf, spürte schlagartig, daß ihn etwas zu Boden drückte und versuchte verzweifelt, sich freizukämpfen.

»Alberich!« zischte eine Stimme in sein Ohr. Und noch einmal: »Alberich, bleib ruhig!«

Er erkannte Geist und hielt augenblicklich inne. Er wußte wieder, wo er war und in welcher Gefahr sie schwebten. Das Waldfräulein hielt ihn immer noch engumschlungen. Er fürchtete schon, sein dummes Gestrampel hätte die Krieger auf sie aufmerksam gemacht.

Irgend etwas war passiert. Der Wagen hatte angehalten, und flackerndes Licht beschien die Erdwälle auf der Ladefläche. Feuerschein loderte. Lärm ertönte. Schwerterklirren.

»Was ist los?« flüsterte er aufgeregt.

Geist brauchte einen Moment für ihre Antwort, denn der Anblick, der sich ihr bot, hielt sie fest in ihrem Bann. »Wir sind da. Es brennt überall.«

»Es brennt?«

»Ja«, wisperte sie zurück. »Und es wird gekämpft. Die Sklaven ... sie haben sich gegen die Krieger erhoben.«

Der Schlachtlärm, der an Alberichs Ohren drang, unterstrich ihre Worte. »Sind die Reiter noch bei uns? Sag schon, ich kann nichts sehen!«

»Sie sind vorausgeritten, durchs Tor in die Festung.«

»Und der Kutscher?«

»Sitzt noch vorne auf dem Wagen.«

Alberich wurde noch ungeduldiger. »Worauf wartest du dann noch?«

»Womit?«

»Zieh ihm eins über den Schädel, so lange er abgelenkt ist.«

»Ich bin kein Kämpfer«, gab sie schüchtern zurück.

Alberich versuchte, sich aus ihrer Klammer zu lösen. »Dann laß mich es tun.«

Zögernd zog sie sich von ihm zurück, schob sich ganz leise nach hinten. Vor dem Nachthimmel war ihr erdfarbener Leib kaum zu sehen.

Alberich rappelte sich auf und sah über die Erdhaufen nach vorne. Der Kutscher hockte etwa drei Armlängen vor ihm. Im Hintergrund stand der mächtige Turm, erleuchtet von zahlreichen Feuern, die im Inneren des Festungswalls brannten. Gleich neben dem Tor hatten mehrere Dutzend Pferde die Umzäunung einer Koppel gesprengt und preschten in Panik fort in die Nacht. Oben auf den Zinnen und am Tor wurde erbittert gekämpft. Auch die Sklavenkette zum Fluß hinunter, Hunderte von Menschen, hatte sich aufgelöst. Einige rangen mit ihren berittenen Wächtern, doch der Großteil war in die Wälder und zwischen die Felsen geflohen.

Der Kampflärm vom Torbogen übertönte die Geräusche, als Alberich sich nach vorne schob. Der Kutscher hatte ihm noch immer den Rücken zugewandt und hatte alle Mühe, seine beiden Pferde ruhig zu halten. Offenbar war er hin- und hergerissen zwischen dem Pflichtgefühl seinem Herrn gegenüber und der Möglichkeit, der Hölle der Schlacht zu entfliehen.

Alberich half ihm gern aus seinem Zwiespalt. Lautlos richtete er sich hinter dem Mann auf, verschränkte die Fäuste und lies sie mit aller Kraft auf den Schädel des Arglosen krachen. Leblos sackte der Kutscher zusammen. Alberich stieß ihn vom Bock.

Hastig wandte er sich zu dem Waldfräulein um. »Siehst du, so macht man das.«

»Ist er tot?« fragte sie zögernd und kletterte über die Erdwälle auf Alberich zu.

»Was weiß ich. Hauptsache, er ist uns nicht im Wege.«

Sie blickte mit großen Augen zu dem reglosen Mann hinunter. »Ich glaube nicht, daß er das sein wird.«

Alberich beugte sich weit vor, um die Zügel zu ergreifen, als ihm dabei das Horn vors Gesicht schwang. Er ließ die Zügel wieder sinken und wandte sich an Geist. »Schnell, nimm dir eine Handvoll Erde und steck dir etwas davon in die Ohren!«

Sie schaute ihn verwundert an, während er darangging, zwei Erdkugeln zu formen. »Wieso denn das?«

Er deutete auf das Horn an seinem Hals. »Die haben eine ganze Menge davon. Wer weiß, was geschieht, wenn sie alle hineinblasen...«

Geist schien sich an den Schmerz zu erinnern, den sie selbst durchlitten hatte, als Alberich ins Horn gestoßen hatte, denn nun ging sie eiligst daran, ihre Ohren mit Erde zu verstopfen. »So?« fragte sie danach, aber Alberich hörte sie schon nicht mehr; er drückte sich die Kügelchen mit den Zeigefingern in die Ohren.

Keinen Augenblick zu früh, denn plötzlich ließen die Kämpfenden am Tor ihre Waffen fallen, wälzten sich am Boden und versuchten verzweifelt, sich die Ohren zuzuhalten. Sogar der Kutscher erwachte von den Lauten, riß den Mund zu einem Schrei auf und wand sich vor Qual im Gras. Die Pferde wieherten aufgeregt und tänzelten auf den Hinterbeinen, so daß Alberich schon fürchtete, sie könnten den Wagen den Hang hinabreißen.

Geist stieß ihn an. Über die sich aufbäumenden Tiere hinweg deutete sie zum Tor. Zwischen den Männern und Frauen am Boden sprangen drei Gestalten ins Freie, drei schwarze Umrisse vor dem flammenden Hintergrund. Um sie herum begannen die gequälten Menschen im Gras zu erschlaffen. Im Feuerschein erkannte Alberich die dunklen Rinnsale, die aus ihren Ohren quollen.

»Sie sterben!« rief er aus, aber der einzige, der die Worte vernahm, war er selbst.

Die drei Silhouetten schauten sich nach der leeren Pferdekoppel um, dann entdeckten sie den Wagen und kamen näher.

Geist sprang nach hinten und zog Alberich mit sich. Mit der anderen Hand zerrte sie an der Decke, die auf der Sitzbank des Kutschbocks lag. Alberich wollte protestieren – noch waren seine Freunde in diesem Inferno –, aber dann zwang er sich einzugestehen, daß das Waldfräulein das Richtige tat.

Hastig schoben sie sich über die Erdwälle auf den

hinteren Teil der Ladefläche. Dort blieben sie nebeneinander auf dem Bauch liegen. Geist zog die braune Decke über sich und den Zwerg. In der Dunkelheit mochte das als grobe Tarnung ausreichen.

Über den Erdhügel blinzelten sie unter der Decke hervor nach vorne. Die drei Gestalten kamen näher.

Es waren drei Männer, alle groß und massig. Der Mittlere trug eine fremdartige Rüstung aus Gitterwerk. Als er den Kutschbock erreichte, erkannte Alberich, daß sein Panzer aus Geweihenden gewirkt war. Ein eisiger Schauer überkam ihn bei diesem Anblick. Er konnte die Gefahr spüren, die von dem düsteren Geweihmann ausging.

Die Begleiter des Unheimlichen trugen gewöhnliche Kleidung aus Fell und Metallschuppen. Sie hatten keine Helme auf. Ihr Haar wehte lang und strähnig im Nachtwind, ihre Gesichter waren rußig und glänzten vor Schweiß.

Alle drei trugen Breitschwerter, die vom Blut ihrer Feinde glänzten. Auf ihrem Weg zum Tor mußten sie zahlreiche Sklaven erschlagen haben.

Alberich und Geist duckten sich tiefer hinter den letzten Erdwall, als die Männer auf den Wagen sprangen. Einer der Krieger ergriff die Zügel, der Geweihmann rückte neben ihn. Der dritte hockte sich unweit des Zwerges und des Waldfräuleins auf einen Dreckhügel. Wenn sie sich regten, würde er sie unweigerlich bemerken. Auch Abspringen schied aus.

Die beiden Pferde waren immer noch aufgeregt,

doch schien der Klang des Hornes nicht dieselbe Wirkung auf sie zu haben wie auf Menschen. Gleich nach der Ankunft der Männer wurden sie ruhiger. Als der Krieger sie jetzt wenden ließ, gehorchten sie und zogen den Wagen vom Turm fort, zurück auf dem selben Weg, den das Gefährt eben erst gekommen war.

Das letzte, was Alberich vom brennenden Turm sah, waren drei weitere Umrisse, die durch das Feuermaul des Tores stolperten: eine schmale, leicht gebeugte Gestalt, ein breitschultriger Riese und ein abgemagertes Mädchen, das er an der Hand führte.

Das kann nicht sein, durchfuhr es Alberich aufgeregt. Oder doch?

Im selben Augenblick riß sich das Mädchen von dem Riesen los und stürmte zurück in die Flammen.

Im selben Augenblick riß Marret sich von Löwenzahn los und stürmte zurück in die Flammen. Ihre dünnen, nackten Beinen drohten über die Leichen zu stolpern, sie schwankte, stolperte, schleppte sich weiter. Ihr Gesicht erglühte im Feuerschein, ihr langes Haar wirbelte wild. Immer wieder öffnete sich ihr Mund, sie rief etwas, und obgleich weder Mütterchen noch Löwenzahn durch ihre Ohrstopfen einen Ton verstehen konnten, so gab es doch keinen Zweifel, wessen Namen sie brüllte.

Mütterchen blickte zurück in die Leichenhölle des Innenhofs, ein Meer aus leblosen Körpern, Sklaven wie Kriegern, die sich im Todeskampf ineinander verschlungen hatten, ungeachtet ihrer Feindschaft. Der Geweihte hatte keinen seiner eigenen Männer geschont, um der Rebellion ein Ende zu bereiten. Niemand, der nicht vor Ertönen des großen Hornes geflohen war oder seine Ohren geschützt hatte, hatte überlebt. Weit über hundert Tote waren es, die darauf warteten, von den Flammen verzehrt zu werden.

Eine besonders häßliche Leiche, die des Grafen Ugo, lag unweit der lodernden Seilwinden. Die erste der hölzernen Konstruktionen war bereits zusammengebrochen, die beiden anderen neigten sich unheilvoll zur Seite. Ihre Haltetaue brannten.

Ausgerechnet am Fuß der einen Winde machte Marret halt. Sie erreichte den toten Ugo im selben Moment, da Löwenzahn alle Vorsicht vergaß und ihr zurück ins Innere der Festung folgte. Mütterchen rief ihm hinterher, vergebens. Sie fluchte heftig und näherte sich abermals dem Tor. Anders als Löwenzahn blieb sie unter dem steinernen Bogen stehen und betrachtete sorgenvoll, wie ihr Freund über die Leichenberge sprang.

Marret beugte sich derweil über ihren einstigen Schützling und drückte sein Gesicht an ihre Brust. Tränen vermischten sich mit Schweiß und Ruß auf ihren Wangen. Die Hitze unweit der brennenden Seilwinden war kaum zu ertragen. Aber sie wollte nicht fort, wollte bei Ugo bleiben, mit ihm sterben, wenn es sein mußte. Er war es, der ihrem Leben Sinn gegeben hatte, die Sorge um ihn, ihre liebevolle Pflege, ungeachtet all seiner Schändlichkeiten. Er war doch nur ein Kind, wäre es immer geblieben, wenn nicht... ja, wenn nicht der Geweihte gekommen wäre. Ihr tränenverschleierter Blick glitt am Turm empor, zu einem Fenster hoch oben. Daraus ragte ein riesiges Horn hervor, fast so groß wie sie selbst. Sie fragte sich, ob daraus eine Trauermelodie für den Grafen ertönte, für ihren Freund, der tief im Herzen ein so guter Mensch gewesen war. Er hätte es verdient, gewiß. Marret hob die Hände und begann, an den Erdkrumen in ihren Ohren zu zupfen. Sie wollte teilhaben an der Trauer um Ugo, an dem Lied zu seinen Ehren.

Zwei gewaltige Pranken packten sie von hinten und rissen ihre Hände herunter, bevor sie die Pfropfen lösen konnte. Mit einem Aufschrei wirbelte sie herum. Ugos Schädel entglitt ihrem Schoß und sackte zurück auf den Boden.

Löwenzahn packte das strampelnde Mädchen und warf es sich über die Schulter. Sie kreischte und weinte, aber er hörte es nicht. Ihre Fingernägel gruben sich in seinen Hals und Nacken, rissen ihm die Haut auf, aber noch immer ließ er sie nicht los. Mit einem Satz sprang er vom Leichnam des wahnsinnigen Grafen fort.

Im selben Augenblick splitterte die nahe Seilwinde aus ihrer letzten Verankerung. Mütterchen schien es, als bliebe die Zeit stehen. Unendlich langsam knickte das lodernde Holzgerüst in sich zusammen, brach dabei zur Seite weg. Stürzte genau auf Löwenzahn und seine tobende Last zu. Brennende Balkensplitter flogen in alle Richtungen, sausten über den Riesen hinweg wie sirrende Schwerter. Näher und näher kam das kippende Gerüst, vier-, fünfmal so hoch wie Löwenzahn selbst. Es war fast, als folge es dem Verlauf seines Weges, beuge sich über ihn, fiel tiefer und tiefer, schien ihn zu streifen, ließ ihn stolpern, Marret verlieren und nach vorne krachen. Kaum zwei Schritte von der Spitze der Winde entfernt schlug Löwenzahn zu Boden. Hinter ihm fauchten die Flammen zum Himmel empor, eine haushohe Feuerwand, die die Seilwinde und alles, was unter ihr begraben war, verzehrte.

Als Löwenzahn sich schmerzerfüllt aufstemmte, war das Mädchen nicht bei ihm.

Der Riese heulte auf und taumelte auf das Feuer zu, doch da war Mütterchen schon bei ihm und hielt ihn am Arm zurück. Er wollte sich losreißen, wollte gar um sich schlagen, doch sei Blick fiel auf Mütterchens Gesicht, und neue Klarheit durchdrang sein Denken. Ein letztes Mal schaute er in die Flammen, Tränen strömten aus seinen Augen, die so gar nicht zu seinen ungeschlachten Zügen passen wollten. Er streckte die Hand nach der Stelle aus, wo Marret von den brennenden Balken erschlagen worden war, dann wandte er sich mit einem Ruck vom Feuer ab und stolperte über die Toten mit Mütterchen zum Tor.

Niemand hielt sie auf. Wer immer sich noch im

Turm aufhielt und im Auftrag des Geweihten ins Horn gestoßen hatte, er wartete in der Sicherheit des Granitgemäuers, bis die Flammen im Hof von selbst erloschen.

Die Freunde waren kaum ins Freie getaumelt, als Mütterchen das Gleichgewicht verlor. Ihre Beine gaben nach, sie stürzte.

»Zu alt«, formten ihre Lippen, und sie wunderte sich, daß nicht einmal sie selbst es hörte. Sogar ihre Stimme ließ sie im Stich.

Löwenzahn wischte sich mit einer Pranke über die Augen, dann hob er die greise Räuberin kurzerhand vom Boden auf und trug sie den Hang hinunter zum Waldrand. Mehrfach stießen sie auf Leichen der berittenen Wächter. Sie waren von Sklaven aus den Sätteln gezerrt und erschlagen worden. Die Arbeiter selbst waren allesamt verschwunden. Die meisten waren zum Fluß gelaufen und durch die Fluten zur anderen Seite geschwommen.

Unter den vorderen Bäumen, unweit der Einmündung eines Weges nach Norden, legte Löwenzahn Mütterchen ins feuchte Gras. Er kniete neben ihr nieder und streichelte sanft ihr graues Haar. Er sagte etwas, als ihm die Erdklumpen in seinen Ohren einfielen. Eilig holte er sie hervor. Mütterchen schüttelte den Kopf, als er auch nach ihren Ohren langte; sie hatte noch Kraft genug, es selbst zu tun.

Schließlich fragte Löwenzahn: »Wirst du wieder laufen können?«

Mütterchen zwang sich zu einem aufmunternden Lächeln. »Ich bin vielleicht schwach, Dummkopf, aber noch lange nicht tot.«

Er grinste unbeholfen in dem augenscheinlichen Versuch, die Trauer um Marret zu verdrängen.

Da fiel Mütterchens Blick auf etwas hinter seiner Schulter. »Sieh dir das an!«

Der Riese fuhr herum und wurde eines einzelnen Ponys gewahr, das verloren am Hang stand und graste.

»Warum ist es nicht mit den anderen Pferden fortgelaufen?« fragte Löwenzahn verblüfft.

»Ich hab dir doch gesagt, ich kann mit ihm sprechen.«

Mütterchen rief Rohlands Namen, das Tier schrak auf und erkannte die Räuberin. So schnell es konnte galoppierte es den Hang hinunter, trampelte fast über Löwenzahn hinweg und leckte voller Freude die Hand seiner Herrin.

Kapitel 4

Es war der Rücken des Mannes, der Alberich während der Fahrt mit geradezu gespenstischer Vordringlichkeit in Anspruch nahm. Er konnte nicht anders, als wieder und wieder darauf zu starren, mit Blicken dem Verlauf der Geweihenden zu folgen, ihren Spitzen und Verzweigungen, die allesamt an einer Art äußere Wirbelsäule zusammenliefen. Auch diese war aus Horn geformt und ähnelte in Gliederung und Oberfläche den übrigen Geweihstücken. Der Mann mußte einen Weg gefunden haben, die Enden frei zu formen. Tat er es mit Hitze, wie beim Stahl? Mit Wasser oder Zaubersang? Allein mit seinem Willen?

Alberich wurde aus seinen Grübeleien gerissen, als Geist ihn unter der Decke anstieß. Sie gab ihm mit einer zaghaften Geste zu verstehen, sich tiefer hinab zu ducken. Wenn einer der Krieger sie bemerkte, war es aus mit ihnen. Nicht einmal die Tarnhaut des Waldfräuleins war dann noch ein brauchbarer Schutz.

Der Geweihmann wisperte dem Pferdelenker etwas zu, und gleich darauf brachte dieser die Tiere zum Halten. Mit einem neuerlichen Ruck blieb der Wagen auf einem engen Waldweg stehen.

Jetzt haben sie uns, dachte Alberich.

Doch statt dessen sprangen die beiden Drachenkrieger vom Wagen und schlugen sich rechts und links des Weges in die Büsche. Der Geweihmann nahm die Zügel auf und trieb die Pferde zur Weiterfahrt. Wenig später hatten sie die beiden Männer hinter sich gelassen.

Ein Hinterhalt, dachte Alberich.

Ein Hinterhalt für wen?

Der Waldpfad war schmal und von hohen Bäumen umstanden, fast schon ein Hohlweg. Der Mond spendete nur spärliches Licht, und jeder Schritt wollte sorgfältig gesetzt sein; Wurzeln und Steine waren tückische Stolperfallen. Mütterchen saß auf Rohlands breitem Rücken, obgleich sie neue Kraft in ihren Beinen spürte. Es widerstrebte ihr, sich mehr zu schonen als unbedingt nötig war. Andererseits wagte sie nicht, sich vorzustellen, was ihnen noch bevorstehen mochte. Manchmal war es unausweichlich, sich ihr eigenes Alter einzugestehen. Räuber ist man ein Leben lang, dachte sie, aber ein *brauchbarer* Räuber ist man ... nun, ganz erheblich kürzer.

Löwenzahn führte das Pony am Zügel. »Horch!« zischte er plötzlich und ließ Rohland anhalten. Das Tier schnaubte ungehalten, und Mütterchen tätschelte seine Mähne.

Von hinten, noch aus weiter Ferne, ertönte das Hämmern von Pferdehufen.

»Dort vorne!« flüsterte Mütterchen aufgeregt und deutete auf eine Senke links des Pfades. Sie war steil, möglicherweise zu steil für das Pony, jedoch von den Wurzeln einer mächtigen Eiche überschattet. Das beste Versteck, das sich ihnen bot.

Sie eilten weiter, und Löwenzahn sprang die Böschung hinunter. Mütterchen stieg ächzend vom Pony und gab Rohland einen Klaps. Das Tier sträubte sich; erst als Mütterchen schob und Löwenzahn zog, glitt es unter Getöse hinab in die Senke. Löwenzahn konnte gerade noch beiseite springen, ehe das Pony ihn rammte.

Augenblicke später hockten sie unter den breiten

Strängen der Wurzel und blickten durch die Lücken hinauf zum Weg. Es dauerte eine Weile, ehe das Pferd und sein Reiter sie passierten, doch als es endlich soweit war, stockte ihnen abermals der Atem. Es war der Krieger in Schwarz, jener Recke, den sie für Wodan selbst gehalten hatten. Über den Hals seines Rappen gebeugt, das Gesicht zwischen den buschigen Rabenfedern vergraben, wirkte er noch unheimlicher. Er mochte kein Gott sein, doch sein Anblick war angsteinflößend.

Sie warteten, bis er in den Nacht verschwunden war, dann halfen sie gemeinsam dem Pony zurück auf den Weg.

»Gehen wir weiter in der gleichen Richtung wie er?« fragte Mütterchen. Sie schämte sich nicht länger ihrer Furcht.

»Er ist nur ein Mann«, entgegnete Löwenzahn. »Außerdem haben wir ihm unser Leben zu verdanken.«

»Trotzdem hat es ihn nicht gestört, daß die Sklaven in den Schächten bei lebendigem Leibe verbrannten. Verstehst du nicht? Er hat es in Kauf genommen. Was für ein Mensch ist das?«

»Sein Haß auf den Geweihten muß groß sein.«

In einem Anflug von Abneigung bemerkte Mütterchen, daß auch Löwenzahn der Verlust an Menschenleben nicht verwerflich schien. Allein Marrets Tod hatte ihn tief getroffen; all die Unbekannten aber, die im Feuer gestorben waren, bedeuteten ihm nichts. Ein

Erbe seiner Hunnenseite? Aber Löwenzahn konnte nichts für sein Empfinden. Und vielleicht täuschte sie sich sogar. Immerhin waren sie Freunde geworden.

Schließlich einigten sie sich darauf, dem Weg ungeachtet des schwarzen Ritters weiter zu folgen, denn immer noch galt ihr Streben dem Blut des Drachen. Das immerhin waren sie Alberich schuldig; auch der Zwerg würde seinen Weg dorthin fortsetzen, falls er den Kriegern entkommen war. Ein Wiedersehen unter Freunden, fand sie, wäre ein hübscher Ausklang ihres Abenteuers.

Sie mochten eine Stunde gewandert sein, die Dämmerung zeigte sich bereits hinter den Baumkronen, als sie hinter einer Wegkehre die Laute eines Kampfes vernahmen. Schwerter prallten aufeinander, und immer wieder erklang das Keuchen und Fluchen der Kontrahenten.

Löwenzahn gab Mütterchen ein stummes Zeichen, mit dem Pony zurückzubleiben.

Sie aber schüttelte entschieden den Kopf. »Kommt gar nicht in Frage«, flüsterte sie. »Wir gehen gemeinsam.«

Sie banden Rohland an einen Ast und schlichen am Rande des Unterholzes den Weg entlang. Bald schon erkannten sie, was vor ihnen im Gange war.

Der Ritter in Schwarz focht erbittert mit zwei Kriegern des Geweihten, baumlangen Kerlen, die mit funkelnden Breitschwertern auf ihn einhieben. Beide waren wendig und wagemutig. Zudem wußten sie die

Enge des Pfades geschickt für sich zu nutzen, indem sie ihren Feind von zwei Seiten bedrängten. Gerade tauchte der Ritter unter einem Hieb des einen Kriegers hinweg, als ihn der andere schon mit wilden Schwertschlägen eindeckte. Sein verletztes Bein, vom Bolzen durchbohrt, ließ ihn hinken und verminderte seine Gewandtheit.

»Er verliert«, raunte Löwenzahn.

»Sollen wir etwa zusehen?«

»Willst du, daß Löwenzahn ihm hilft?«

Mütterchen hob die Schultern. »Wir verdanken ihm unser Leben, das waren deine Worte.«

Löwenzahn nickte, packte das Schwert, das er dem toten Krieger in der Festung abgenommen hatte, und stürmte mit einem urtümlichen Kampfschrei vorwärts. Innerhalb eines Augenblickes hatte er einen der beiden Drachenkrieger erreicht und deckte ihn mit einem wahren Gewitter aus blitzenden Streichen und Stichen ein. Der schwarze Ritter schenkte ihm durch den Schlitz seines Helmes ein grimmiges Lächeln, dann widmete er sich dem zweiten Feind.

Der Drachenkrieger stellte sich schnell auf den neuen Gegner ein. Er zögerte nicht, zeigte nicht einmal Erstaunen. Jede seiner Bewegungen war tadellos einstudiert, eine mustergültige Abfolge von Attacken und Paraden, die dem grobschlächtigen Kampfstil Löwenzahns an Fintenreichtum überlegen war. Was dem Krieger jedoch abging, war Löwenzahns rohe Gewalt. Obwohl beide etwa gleich groß waren und auch der

Drachenkrieger über erhebliche Kräfte verfügte, gelang es Löwenzahn doch, seinen Feind durch die Stärke seiner Hiebe in Bedrängnis zu bringen. Immer wieder ließ er sein Schwert auf die Klinge des Feindes krachen, immer schneller und ungezielter, denn er erkannte sehr wohl, worin sein Vorteil lag. Mochte der Drachenkrieger im Umgang mit der Waffe besser geschult sein, so war ihm die Wildheit des Halbhunnen fremd. Statt tückischer Finten und Figuren brach eine ungezähmte Folge von brutalen Schlägen über ihn herein, und bald schon wurde sein Arm vom ewigen Parieren lahm.

Da gelang es Löwenzahn, den Gegner in die Knie zu zwingen. Schützend hob der Drachenkrieger sein Schwert über den Kopf, als auch schon Löwenzahns Waffe auf ihn niedersauste, seine Klinge zerbrach und ihm den Schädel spaltete. Ein Berserkerschrei entrang sich der Kehle des Riesen, als der Krieger unter ihm zusammensackte. Soweit hatte die Kampfeswut Löwenzahn schon in ihrer Gewalt, daß er gar ausholte und dem toten Feind mitten in das zerstörte Gesicht trat, letzter Triumph des Überlegenen.

Mütterchen wandte sich voller Abscheu ab. Immer wieder entdeckte sie unter der bärenhaften Gutmütigkeit des Freundes neue, unvermutete Grausamkeit. Selbst seine Art zu kämpfen und den Sieg zu feiern schien ihr fremd und abstoßend. War es nur der Tod des Mädchens, der ihn rasend machte?

Derweil war es dem schwarzen Ritter trotz der Wunde gelungen, seinen Gegner mit dem Rücken gegen die Fichtenwand zu treiben. Noch einmal versuchte der Krieger einen Ausfall, stach geradewegs vor, drehte die Klinge und zog sie flink nach oben. Nur um Haaresbreite verfehlte die Schwertspitze die Kehle des Ritters, der Krieger wurde von der eigenen Wucht nach vorne gezogen – direkt in das Schwert seines Feindes. Knirschend brach es durch den Schuppenpanzer und durchbohrte seinen Brustkorb.

Gebannt und atemlos trat Mütterchen aus dem Dikkicht. Sie hatten ihr Teil an Schwertkämpfen erlebt, gerechten und heimtückischen, aber selten hatte sie erlebt, daß zwei solche Giganten Seite an Seite stritten. Der Ritter war selbst mit verletztem Bein noch jedem Krieger ebenbürtig.

Mit blutigem Schwert trat er auf Löwenzahn zu und betrachtete ihn düster mit seinem einzelnen Auge. »Ich sah Euch im Hof der Festung. Was treibt einen Hunnen in diese Gegend?«

Ehe Löwenzahn etwas – zweifellos Ungeschicktes – erwidern konnte, ergriff Mütterchen das Wort: »Seid Ihr meinem Freund nicht einen Dank schuldig, Herr Ritter, bevor Ihr ihn befragt?«

»Das bin ich«, gab der Mann zu, »doch mehr noch schulde ich Treue meinem Herrn, dem König. Und Etzels Hunnen sind seine Feinde.«

»Ich bin kein Hunne«, widersprach Löwenzahn zornig. Mütterchen vermochte nicht zu sagen, ob seine Wut ein Überbleibsel des Kampfes war oder ob ihn das

Verhalten des Ritters erzürnte. Beides bereitete ihr Sorgen.

»Euer Aussehen straft Eure Worte Lüge«, sagte der Ritter. Um dennoch zu zeigen, daß ihm nicht an einem Kampf lag, packte er seinen Helm am Busch und zog ihn vom Kopf. Darunter kam ein hartes, nicht mehr ganz junges Gesicht zum Vorschein. Es war schmal, fast eingefallen, und mehrere Narben zogen sich über die Haut. Sein linkes Auge war von einer schwarzen Binde verdeckt.

Löwenzahn funkelte ihn finster an. »Ihr wollt behaupten, daß ich lüge, Mann?«

Der Ritter hob die Schultern. Sein Kragen aus Rabenfedern wallte auf und nieder. »Mir liegt nicht an voreiligen Schlüssen und weniger noch an einem neuerlichen Kampf. Ihr schuldetet mir Euer Leben, und nun habt Ihr möglicherweise das meine gerettet. Belassen wir es dabei.«

Er schaute sich nach seinem Pferd um, während Mütterchen und Löwenzahn verwunderte Blicke wechselten. Der Ritter drehte sich um und eilte zu einer Schneise im Dickicht. Er fluchte, als er etwas im Unterholz entdeckte und mit weiten Schritten im Gesträuch verschwand.

Als Mütterchen und Löwenzahn ihm folgten, sahen sie, wie er sich sorgenvoll über den blutenden Leib seines Rappen beugte. Das Tier lag auf der Seite im Dikkicht und zuckte krampfend mit den Beinen. Der Schwertstreich eines Drachenkriegers hatte ihm die Seite aufgeschlitzt.

Der Ritter erhob sich, schloß für einen Moment sein verbliebendes Auge, dann hob er sein Schwert und ließ es kraftvoll in den Körper des Pferdes gleiten, mitten hinein ins Herz. Das Tier schnaubte ein letztes Mal, dann war es von seiner Qual erlöst.

Wortlos trat der Ritter an den beiden vorbei auf den Weg. Sein Gesichtsausdruck kündete von Trauer und Zorn, und selbst Löwenzahn zog es in diesem Augenblick vor zu schweigen.

Der Ritter schien einen Moment lang ungewiß, wie es weitergehen sollte, dann sagte er: »Verkauft mir Euer Pony.«

Es war keine Frage, sondern ein Befehl. Und er machte Mütterchen wirklich zornig.

»Wo denkt Ihr hin? Dieses Pony ist mein Freund.«

»Dann hat es einen Namen?« fragte der Ritter und trat auf Rohland zu.

»So ist es«, bestätigte Mütterchen, ohne ihn indes zu verraten.

Der Ritter beugte sich an das Ohr des Ponys und flüsterte etwas hinein. Rohland stampfte mit einem Vorderhuf auf und wieherte.

Löwenzahn sah einfältig drein. »Kann denn jeder hier mit Tieren sprechen?«

Mütterchen stapfte vor und schob sich erbost zwischen Rohland und den Ritter. Jener schaute sie erst drohend, dann belustigt an. Doch sein Lächeln währte nur einen Augenblick, dann wirkte er wieder so finster wie zuvor.

»Wollt Ihr Euch gegen einen Freund des Königs stellen?«

»Wollt Ihr eine wehrlose Alte erschlagen?«

Der Ritter legte verwundert den Kopf schräg. »Ihr appeliert an meine Ehre?« Plötzlich lachte er schallend. »Verzeiht, aber damit seid Ihr an den Falschen geraten. Meine Ehre ist soviel wert wie Eure greisen Knochen.«

»Mir sind sie einiges wert.«

»Daran zweifle ich nicht.«

Löwenzahn stand da und überlegte, ob er dazwischengehen sollte. Er kam jedoch zu dem Schluß, es nicht zu tun; die Wortgefechte überließ er besser Mütterchen.

Sie begegnete dem Ritter mit Kühnheit. »Ihr wollt zum Drachen, nicht wahr?«

»Dann ist er auch Euer Ziel?«

»Wir könnten zusammengehen. Ihr selbst und mein Freund gebt ein gutes Kampfgespann ab.«

»Ihr würdet mich nur aufhalten.«

»Vergeßt nicht, bisher habt Ihr *uns* aufgehalten.«

Wieder lächelte er, und an den frischen Falten, die es auf seinem Gesicht erzeugte, erkannte Mütterchen, daß er dergleichen nicht oft tat. Es wirkte unbeholfen, als hätte er es nie gelernt.

»Nennt mir Euren Namen, Weggefährtin«, sagte er zu ihrem Erstaunen.

»Früher hieß man mich Mütterchen Mitternacht.«

»Die Grausame persönlich?«

»Eben jene.«

»Und Euer Gefährte?«

»Löwenzahn«, sagte Mütterchen.

Der Ritter sah verwundert von einem zum anderen, enthielt sich aber einer Bemerkung.

»Wie ist Euer Name?« fragte die Räuberin und konzentrierte ihren Blick auf das Auge des Mannes. »Mit Verlaub, mein Freund hier hielt Euch schon für den Rabengott selbst.«

Löwenzahn fuhr voller Empörung auf. »Das warst du, nicht ich!«

Mütterchen winkte ab. »Papperlapapp!«

Der Ritter aber versank in tiefem Schweigen. Schließlich sagte er gedankenverloren: »Tatsächlich hat man mich einst so genannt. Der Rabengott... Aber das ist lange her.«

»Und wie heißt Ihr wirklich?«

»Heute nennt man mich bei meinem wahren Namen«, sagte er und fügte leiser hinzu: »Ich bin Hagen von Tronje.«

Seltsam, dachte Mütterchen, es klingt beinah, als schäme er sich dafür.

Mit einem Laut wie ein Schrei fuhr der Wind durch die Wälder. Alberich fröstelte. Nicht einmal die Decke, die ihn und das Moosfräulein vor den Blicken des Geweihmannes schützte, vermochte die Kälte aus seinen Gliedern zu vertreiben. Und vielleicht war es ja gar nicht die Kälte des Windes, die ihn schaudern ließ. Alberich gestand sich ein, daß er sich selten zuvor so unwohl gefühlt hatte. Die Ungewißheit dessen, was sie noch erwarten mochte, widersprach seinem geruhsamen Leben im Hohlen Berg und brachte ihn ganz durcheinander. Beinahe wünschte er sich, der Schmerz des Alleinseins möge zurückkehren und ihn vor allen weiteren Abenteuern behüten.

Und noch etwas beunruhigte ihn. Bei seiner ersten Begegnung mit Geist war ihm klargeworden, daß sie beide die letzten ihrer Art waren, wenigstens in dieser Gegend, und er hatte die Verbundenheit gefühlt, die daraus zwischen ihnen entstand. Je länger er aber nun auf den Rücken des Geweihmannes blickte, auf die verschlungenen Hornstränge, die gleichsam mit seinem Körper verwachsen schienen, desto deutlicher empfand er diese Verbundenheit auch mit ihm. Er war ihr Feind, ohne Zweifel, ein grausamer noch dazu, aber gleichzeitig war da eine spürbare Verbindung zwischen ihnen, als sei mit dem Geweihmann ein drittes Wesen mit dem magischen Blut der Alten an ihre Seite gestoßen.

Das vierte war der Drache.

Alberich erschrak. Wenn er selbst die Nähe eines Zauberwesens spürte, mußte umgekehrt dann nicht auch der Geweihmann die Anwesenheit von Geist und Alberich fühlen? Wußte er längst, daß sie auf dem Wagen lagen? *Wollte* er, daß sie mit zum Kadaver des Drachen kamen?

Alberich hatte die schreckliche Vorahnung, daß ihnen etwas Grauenvolles bevorstand, wenn sie nicht sofort die Flucht ergriffen. Wir müssen hier weg! durchfuhr es ihn. Abspringen und fortlaufen.

Lautes Hufgetrampel riß ihn aus seinen Gedanken. Ein berittener Drachenkrieger kam ihnen auf dem Weg entgegengesprengt. Erstaunt riß er sein Pferd herum, als er seines Meisters angesichtig wurde. Tänzelnd kam das Tier zum Stehen.

»Herr!« rief der Krieger aus. »Ich wurde gesandt, Euch die Botschaft zu überbringen. Die Sklaven sind durchgestoßen! Das Blut des Drachen fließt!«

Von ihrem Versteck aus konnte Alberich nicht in das Gesicht des Geweihmannes blicken, aber ihm war fast, als könne er den Triumph ihres Feindes am eigenen Leibe spüren.

Der Krieger bot seinem Herrn das Pferd an, doch der Geweihmann lehnte ab. Statt dessen befahl er dem Reiter, den Wagen zu eskortieren. Alberich war jetzt sicher, daß sie entdeckt waren. Der Geweihmann wollte sichergehen, daß sie ihm nicht mehr entkommen konnten.

Er blickte zu Geist hinüber. Sie starrte furchtsam zurück, als wäre sie zum gleichen Schluß gekommen. Keiner von beiden wagte zu flüstern, und so war es unmöglich, eine gemeinsame Flucht zu beschließen.

Alberich erwog für einen Moment, einfach die Decke zurückzuschlagen und vom Wagen zu springen; Geist würde es ihm schon gleichtun. Der Gedanke an den Krieger hielt ihn jedoch davon ab, denn obgleich das Moosfräulein aufgrund seiner Chamäleonhaut entkommen würde, wäre ihm Alberich doch ausgeliefert gewesen. Gegen einen Menschen auf einem Pferd hatte er als Zwerg kaum eine Hoffnung auf Sieg.

Er grübelte hin und her – zu lange, wie sich erwies, denn der Wald blieb mit einemmal zurück, und der Wagen rollte hinaus auf die Heide. Wenig später schon kam er vor der Höhle des Drachen zum Stehen. Alberich sah, wie mehrere Krieger auf sie zueilten.

Er schüttelte alle Vorbehalte ab und rief: »Weg hier!«

Geist und er kamen gleichzeitig auf die Beine, doch schon im Sprung vom Wagen zeigte sich, wie flink das Mädchen und wie unbeholfen er selbst war. Ehe die Krieger überhaupt begriffen, was geschah, war Geist bereits an ihnen vorbei, ein erdfarbener Schemen mit strahlend blauen Augen, der mit weiten Sätzen zum Waldrand jagte.

Alberich hingegen kam genau fünf Schritte weit, dann packte ihn von hinten eine Hand. Er fuhr herum und ließ die Goldgeißel nach oben wirbeln. Der Krieger schrie auf, als ihm die Stachelkugeln das Gesicht zerfetzten. Zwei weitere näherten sich von rechts und links. Alberich sah noch, wie der Geweihmann mit verschränkten Armen auf dem Kutschbock stand und auf ihn herabblickte, dann beanspruchte der Kampf seine ganze Aufmerksamkeit. Die Geißel traf die Knie eines weiteren Mannes. Sogleich brach er zusammen. Derweil aber packte schon der nächste Alberich am Arm. Die Männer griffen nicht mit ihren Schwertern an; ihr Anführer mußte Befehl gegeben haben, ihn lebendig zu fangen.

Wieder bissen die Kugeln in Fleisch, und schon glaubte Alberich, sich abermals Luft geschaffen zu haben, als er plötzlich gewahr wurde, daß er umzingelt war. Mindestens zehn Krieger kamen von allen Seiten auf ihn zu, und obgleich ihnen die wirbelnde Geißel Respekt abzollte, so war doch abzusehen, daß Alberich auf verlorenem Posten kämpfte. Er schlug und peitschte, fluchte und brüllte, doch schon kurz darauf brachte ihn die Überzahl der Gegner zu Boden. In Windeseile hatten sie ihm die Goldgeißel entrissen. Einer zog ihm das Horn vom Hals und verschwand damit.

Zu viert hielten sie Alberich am Boden fest. Lange Zeit mühte er sich zeternd, sie abzuschütteln. Erst als ihm klar wurde, daß die ersten bereits über seine Anstrengungen lachten, gab er auf. Statt dessen blickte er zur heranbrechenden Morgendämmerung empor und horchte auf Kampfgeräusche. Es gab keine. Geist mußte ihnen entkommen sein.

Ein schwarzer Umriß schob sich vor das aufblühende Morgenrot des Himmels, als der Anführer der Krieger sich über Alberich beugte. Die Geweihenden zuckten um sein Gesicht wie giftige Schlangen.

Es sind nur Schatten, dachte Alberich panisch. Nur der zitternde Feuerschein von Fackeln, die einige Krieger in Händen trugen.

»Sollen wir das Mädchen verfolgen?« fragte einer der Männer, doch der Geweihte schüttelte den Kopf.

»Laßt sie laufen«, brachte er mit zischelnder Stimme hervor und wandte dabei seinen Blick nicht von Alberich.

»Dieser hier hat alles, was wir brauchen.«

Zügig und wachsam folgten die drei dem Waldpfad. Sie rechneten jederzeit mit weiteren Hinterhalten, und vor allem Löwenzahn schien der Vorstellung nicht abgeneigt, sich erneut zu beweisen. Doch sein Wunsch blieb vorerst unerfüllt. Nichts rührte sich, abgesehen von einer aufstiebenden Schleiereule, die Mütterchen einen gehörigen Schreck einjagte.

Hagen war ein wortkarger Begleiter. Nachdem er sich einmal durchgerungen hatte, die Gesellschaft der beiden zu dulden, schien er lange Zeit bemüht, ihre Anwesenheit durch ehernes Schweigen zu verdrängen. Er trug seinen Helm in der einen, das Schwert in der anderen Hand, und hatte dem treuen Rohland sein Bündel übergeworfen. Mütterchen hatte den Eindruck, das Pony beobachte den Ritter verstohlen, als begreife es nicht recht, wen es da vor sich hatte. Einen einfachen Menschen? Oder mehr als das? Sicher war, daß Hagen eine Aura von Düsternis, von Melancholie verströmte, und jeder, der ihm zu nahe kam, wurde davon erfaßt.

Sie waren bereits eine ganze Weile gewandert – fast gerannt, fand Mütterchen, zumindest fühlten sich ihr Beine so an –, als Hagen ganz unvermittelt sein Schweigen brach.

»Ich bezweifle, daß Ihr wißt, auf was Ihr Euch eingelassen habt«, sagte er so leise, daß Mütterchen erst glaubte, der Wind habe die Baumkronen zum Flüstern gebracht.

Löwenzahn aber hatte es sehr wohl verstanden und polterte los: »Nichts, dem Ihr Euch entgegenstellt, müßte uns Grund zum Fürchten geben!«

Hagen schenkte ihm keine Beachtung und wandte sich statt dessen an Mütterchen. »Der Geweihte ist nicht einfach irgendein Räuberhauptmann, wie Ihr sie von früher kennen mögt.«

Sie nickte bitter. »Habt Ihr es deshalb für nötig gehalten, soviele Unschuldige in den Tod zu schikken?«

Der Ritter blickte ihr kalt in die Augen. »Es *war* nötig.«

»Was war es überhaupt, das der Geweihte dort oben im Turm tat? Wozu die ganzen Sklaven?«

»Nichts als Maskerade.«

»Maskerade?« Der Grimm im schmalen Gesicht des

Ritters schien ihr so verzehrend, so angsteinflößend, daß sie vor ihm zurückschrak. Der Hagen, der sich von ihr hatte überzeugen lassen, mit ihnen gemeinsam zu reisen, schien ein anderer gewesen zu sein, einer, der es sich für einen winzigen Augenblick gestattet hatte, der Welt mit einem Lächeln zu begegnen. Dieser hier aber – finster, verschlossen und ganz unnahbar – war eine bedrohliche Erscheinung.

»Selbst ein Mann wie der Geweihte ist auf bare Münze angewiesen, um seine Männer im Zaum zu halten. Außerdem wollte er den Turm.«

Mütterchen war anzusehen, daß sie noch immer nicht verstand, auf was er hinaus wollte.

»Der Geweihte hat den Grafen aus seinem Gefängnis befreit, damit Ugo ihm den Turm überläßt«, fuhr Hagen fort. »Keine andere Festung liegt so nah bei der Drachenheide. Zugleich aber hat er Sklaven an Ugo verkauft.«

Löwenzahn bemühte sich eifrig, sein Interesse an den Worten des Ritters nicht einzugestehen. Er schaute gewichtig hinter jeden Baum und betonte seine Wachsamkeit, doch in Wahrheit hielt er sich immer nahe genug bei den anderen auf, um ihrem Gespräch zu folgen.

»Wieso hätte Ugo Sklaven von ihm kaufen sollen?« fragte Mütterchen. »Ich nahm an, die armen Menschen stünden unter der Aufsicht des Geweihten.«

»Er hat Ugo weisgemacht, der Felsenkamm, auf dem der Turm steht, sei der Rücken eines schlummernden

Drachen. Im Volksmund wurde das lange schon behauptet, doch niemand glaubt wirklich daran. Ugo aber ließ sich mit leichter Hand davon überzeugen. Der Geweihte behauptete, wenn es gelänge, durch Bohrungen zur Feuerader des Drachen vorzustoßen, dann sei Ugo im Besitz einer ewigen Flamme, eines Feuers, das heißer und heller brennt als jedes andere auf der Welt. Um Schächte zu dieser angeblichen Feuerader zu treiben, mußten Menschen herbeigeschafft werden, immer mehr und mehr von ihnen, auch um die Arbeiter in der Tiefe vor der Hitze des schlummernden Drachen zu bewahren. Deshalb das Wasser, deshalb die Eimerkette.«

»In Wahrheit aber gab es gar keine Hitze.«

»Natürlich nicht. Ebensowenig wie eine Feuerader oder den schlafenden Drachen. Es war alles nur ein gigantisches Gaukelspiel, um Ugo dazu zu bewegen, seine Schatzkammer zu leeren im Austausch für die Sklaven, die die Männer des Geweihten ihm zuführten.«

»Warum hat der Geweihte die Schatzkammer nicht kurzerhand ausgeraubt? Warum so viel Mühe?«

»Um den Vorgängen den Anschein von Recht und Ordnung zu geben. König Dankrat wußte, was hier geschah, aber er konnte nicht einschreiten, solange der Geweihte nicht gegen die Gesetze verstieß. Und genaugenommen hat er das nicht getan. Ugos Befreiung war in gewisser Weise rechtmäßig – schließlich wurde er von der eigenen Familie gefangengehalten –, und seine Entscheidung, den Geweihten für seine Dienste zu bezahlen, blieb ihm freigestellt.«

»Und die Sklaven?«

»Flößer und Händler von außerhalb des Königreichs, die das Burgundenland auf dem Rhein passierten. Der Geweihte hat sich nicht an Bürgern des Reiches vergriffen.«

»Ich mag Räuberin sein«, erboste sich Mütterchen, »dennoch bin ich eine Bürgerin des Königreichs. Und der Geweihte hat sich an mir vergriffen.«

»Er hat Euch nicht versklavt. Außerdem, Ihr sagt es selbst – Ihr seid Räuberin. Eine Geächtete. Wieviel mag dem König wohl an jemandem wie Euch liegen?«

Sauertöpfisch verzichtete sie auf eine Erwiderung.

Da fragte Löwenzahn: »Was führt Euch hierher, Ritter?«

»Ich bin ein Berater des Königs.«

»Der König schickt seine *Berater* auf Räuberjagd? Allein?« fragte Mütterchen mißtrauisch. »Noch dazu, wo der Geweihte offenbar gegen kein Gesetz verstoßen hat, wie Ihr uns eben weismachen wolltet.«

Hagen schwieg eine Weile, und schon sah es aus, als würde er darauf keine Antwort geben, als er plötzlich sagte: »Ich bin auf eigenen Wunsch hier.«

»Ihr sucht Vergeltung?« Dieser Gedanke schien Löwenzahn versöhnlicher zu stimmen. Vergeltung und Rache waren Worte, die sein Kriegerherz höher schlagen ließen.

»Ihr mögt es so nennen«, gab Hagen unbestimmt zurück.

Löwenzahn grunzte zufrieden, während Mütterchen den Ritter ohne rechtes Vertrauen beobachtete. Es gefiel ihr nicht, daß Hagen es bei derart vagen Andeutungen beließ. Sie fragte sich, ob seine wahren Ziele den ihren nicht entgegenstanden.

Er hinkte, wenn auch nicht allzu offensichtlich, und sie wunderte sich, daß ihm die Verletzung keine Sorge bereitete. Der Geweihte war noch lange nicht besiegt, und das Schlimmste mochte ihnen noch bevorstehen. Mit einem lahmen Bein war selbst Hagen von Tronje dem Ansturm mehrere Drachenkrieger nicht gewachsen.

Wo mag nur Alberich stecken? dachte sie besorgt. Sie konnte nicht glauben, daß er den Kriegern zum Opfer gefallen war. Der Zwerg war zäh und kräftig, und trotz aller Wunderlichkeiten besaß er einen wachen Verstand.

Einen Augenblick lang erwog sie, Hagen von Alberich zu erzählen, verwarf den Gedanken aber wieder. Sie hätte kaum etwas Dümmeres tun können, als einem geheimnisvollen Fremden, der sich als Berater des Königs ausgab, von einem unermeßlichen Goldschatz zu berichten. Noch dazu, wo auch dem König ein solcher Hort kaum ungelegen käme.

Sie wandte sich abermals an den schweigsamen Ritter. »Ihr habt gesagt, der Geweihte habe Ugos Reichtümer benötigt, um damit seine Krieger zu entlohnen. Wofür aber braucht er all diese Männer?«

»Sie bewachen für ihn den Drachen.«

»Dann ist auch er hinter dem Blut her?«

Hagens eines Auge verengte sich zu einem Schlitz. »So wie Ihr?«

»Ich dachte dabei eher an Euch«, gab Mütterchen zurück.

Der Ritter sah sie mit aufrichtigem Erstaunen an. »Ihr glaubt, es ginge mir um das Blut?«

»Um was sonst?«

Er schnaubte verächtlich. »Ich werde Euch keinen Tropfen Eures kostbaren Drachenblutes streitig machen, Mütterchen Mitternacht.«

Löwenzahn grinste zufrieden. »Dann sind wir uns ja einig.«

Einig? dachte Mütterchen. Nie und nimmer. Aber sie wagte nicht, tiefer in den Ritter zu dringen. Sie wollte seine Begleitung nicht aufs Spiel setzen; selbst verwundet mochte er sich noch als brauchbarer Beschützer erweisen.

»Seht doch!« Löwenzahn blieb wie angewurzelt stehen.

Auch Mütterchen und Hagen verharrten. Das Pony beendete widerwillig seinen Trott und wieherte leise an Mütterchens Ohr.

Vor ihnen huschte etwas in wildem Zickzack auf sie zu, ein dunkler Schemen, der in rasender Eile näher kam.

»Ein Zauber des Geweihten!« rief Mütterchen aufgeregt.

Hagen sprang mit dem Schwert in der Hand vor, breitbeinig versperrte er den Weg. Er schien die Magie seines Feindes nicht zu fürchten.

Zehn Schritte vor ihnen verharrte der Schemen. Seine Form war die eines Menschen. Aber was war mit seiner Haut geschehen?

»Mütterchen! Löwenzahn!« rief eine helle Stimme. Sie gehörte einem jungen Mädchen. »Fürchtet Euch nicht vor mir!«

Hagen blieb ganz ruhig. »Ein Moosfräulein«, sagte er leise, als fürchtete er, es mit seiner Stimme zu verscheuchen.

Mütterchen atmete tief durch. »Ich habe seit Jahrzehnten keines mehr gesehen.«

Der Ritter nickte unmerklich. »Es hieß, sie seien ausgestorben.«

Das Mädchen kam langsam auf sie zu. Es hatte die Farbe des Waldes, ein schlieriges Grün und Braun, das sich laufend zu wandeln schien. Nur die Augen glänzten in beständigem Blau. Der nackte Chamäleonkörper war mager, fast knochig.

»Seht mich bitte nicht so an«, sagte das Moosfräulein scheu.

Mütterchen glaubte erst, es schäme sich seiner Nacktheit. Doch das Mädchen machte keine Anstalten, seine Hände schützend auf Brüste oder Scham zu legen, auch nicht, als es näherkam. Und da begriff sie: Es schämte sich nicht seiner Blößen, sondern dessen, was es *war*.

Das Mädchen räusperte sich verlegen. »Ich bringe schlimme Nachricht von Eurem Freund Alberich.«

Hagen fuhr herum und starrte Mütterchen in plötzlichem Begreifen an. »Alberich?« fragte er lauernd. »Der Horthüter?«

Die Melodie wurde klarer, erkennbarer. Sie schwebte durch Alberichs Kopf wie ein Seidenschleier, den der Wind durch ein Fenster in die Nacht hinausträgt. Ganz leicht, ganz locker. Es war keine Melodie wie die Sänger sie spielten, kein Klang von dieser Welt. Man hätte keine Worte dazu reimen können, und doch wußte Alberich, wenn man ihm jetzt ein Horn geben würde, dann hätte er ihm dieselben Töne entlocken können. Es war in ihm, in seinem Blut, im Erbe seiner Ahnen. Es war, und daran hatte er jetzt keinen Zweifel mehr, die reinste und herrlichste Albenmagie.

Je näher er dem Kadaver des Drachen kam, desto deutlicher wurde sie, desto größer wurde der Zwang, sie spielen zu *müssen*.

Alberich ging an der Seite des Geweihten, die Hände gebunden, ansonsten aber frei. Die Wächter, die vorher nicht von seiner Seite gewichen waren, hatte der Geweihte zurücktreten lassen. Ohnehin war die Heide von ihnen bevölkert, und ein Fluchtversuch war zum Scheitern verurteilt. Nur rund um den Drachen, in einem Umkreis von zwanzig Schritten, hielt sich keiner von ihnen auf. Die Versuche, dem Untier mit Spitzhacken beizukommen, waren eingestellt worden.

»Sie fürchten ihn von Tag zu Tag mehr«, erklärte der Geweihte mit tuschelnder Stimme. »Das ist gut so.« Er ließ offen, wie er die letzte Bemerkung meinte.

Alberich trug grimmigen Trotz zur Schau, aber insgeheim wunderte er sich, warum der Geweihte ihn am Leben ließ. Es hatte etwas mit der Magie seines Volkes zu tun, dem gleichen Zauber, den auch das Moosfräulein in sich trug. Wie auch der Drache, als er noch lebte. Und der Geweihte selbst?

»Die Totenstarre wird bald ihren Höhepunkt erreichen«, sagte der Geweihte, als sie den Kadaver fast erreicht hatten. »Sein Äußeres ist bereits versteinert, die Starre frißt sich durch seine Eingeweide zum Herz. Erst dann wird er aufhören, Botschaften auszusenden.«

»Botschaften?« fragte Alberich verwundert.

Der Geweihte blinzelte abschätzend auf den Zwerg herab, als hätte er ihn beleidigt. »Die Melodie. Ich weiß, daß Ihr sie hören könnt, gerade jetzt, in diesem Augenblick.«

»Dann hört Ihr sie auch?«

»Leiser als Ihr, schwächer und nicht vollständig. Deshalb brauche ich Eure Hilfe.«

»Meine … Hilfe?« wiederholte Alberich befremdet.

Der Geweihte nickte knapp. »Eure oder die des Moosfräuleins. Das ist einerlei. Und genaugenommen bin nicht ich es, dem Ihr helfen sollt, sondern er!« Er deutete auf den Drachen. Aus der Nähe wirkte das Untier noch größer, wie ein Hügel aus versteinerten Schuppen und Muskelsträngen, die dicker waren als die mächtigsten Eichen. Der verdrehte Leib, halb auf der Seite, halb auf dem Rücken liegend, war so hoch wie ein Haus. Alberich sah, daß die Kruste des Blutsees mit weißgrauen Pilzen bedeckt war.

»Welche Art von *Hilfe* meint Ihr?« Er legte Schärfe in das Wort, um ihm den freundlichen Klang zu nehmen. Hilfe wurde freiwillig gegeben; er aber bezweifelte, daß man ihm eine Wahl lassen würde.

Die Mundwinkel des Geweihten zuckten unter den Hornsträngen seiner Maske. »Seht selbst ...«

Er führte Alberich um den Leichnam herum, bis sie jene Seite des Tieres erreichten, die von der Höhle, den Kriegern und den Sklaven am Klippenrand abgewandt war. Dort, wo der Zwerg den Brustkorb des Drachen vermutete, klaffte ein Loch im Schuppenpanzer der Bestie. Dahinter führte zwischen freiliegenden Rippen ein enger schwarzer Tunnel mitten in den Kadaverberg.

»Ihr wollt doch nicht, daß ich dort hineingehe?«

»Später. Erst aber –«

Der Zwerg unterbrach ihn lautstark. »Ich denke nicht daran.«

Ruckartig beugte sich der Geweihte zu ihm herunter.

Sein Blick bohrte sich stechend in Alberichs Augen. Seine Stimme bekam einen düster-melodiösen Klang. »Wenn ich es für richtig halte, *werdet Ihr es tun!*«

Zu seinem Erstaunen hielt der Zwerg der Beeinflussung stand. »Nein«, sagte er hart. »Werft mich von der Klippe oder erschlagt mich gleich, aber ich werde nicht für Euch in dieses ... Ding klettern.«

Allein der Gestank, der ihm aus dem Inneren des Kadavers entgegenwehte, gab ihm den Mut, sich zu widersetzen. »Warum gebt Ihr nicht einem Eurer Männer den Befehl dazu, wenn es Euch so wichtig ist?«

»Was glaubt Ihr, wer den Tunnel durch das Fleisch des Drachen gegraben hat? Sklaven, Krieger, gewöhnliche Menschen. Nicht einer von ihnen ist wieder herausgekommen. Der Drachenleib hat sie verschlungen, sogar noch im Tode.«

»Das bestärkt mich nicht gerade in dem Wunsch, Euch behilflich zu sein.«

»Ihr seid anders«, zischte der Geweihte zornig. »Ihr seid von seinem Blut. Ihr seid wie er.«

»Und Ihr? Was ist mit Euch? Habt Ihr etwa Angst, dort hineinzugehen?«

Einige Herzschläge lang wich die Finsternis aus dem Blick des Geweihten, und an ihre Stelle trat ein Hauch von Verletzlichkeit. »Mag sein, daß es mir gelingt, den Gang ins Innere zu überleben. Genausogut aber könnte er mich töten.«

Alberich bemerkte mit Genugtuung, daß er die wunde Stelle des Geweihten entdeckt hatte. Im Gegensatz zu Geist, die darunter litt, kein gewöhnlicher Mensch zu sein, so grämte den Geweihten das Bewußtsein, daß viel zuviel Menschliches in ihm steckte.

»Was wollt Ihr überhaupt dort drinnen?« fragte Alberich.

»Das werdet Ihr früh genug erfahren.«

»Dann geht es Euch gar nicht um das Blut?«

»Das Blut bedingt alles andere«, erwiderte der Geweihte geheimnisvoll. Als hätte ihm dieser Gedanke etwas in Erinnerung gerufen, ging plötzlich ein Ruck durch seinen Körper. Die Geweihenden schabten hörbar aneinander. Es klang, als kämpften zwei Hirsche auf einer Waldlichtung.

»Kommt jetzt! Es ist an der Zeit.«

Für was? wollte Alberich fragen, aber der Geweihte eilte bereits voraus zum Klippenrand. Einen Moment lang fragte er sich, was wohl geschähe, wenn er ihn angreifen würde. Offenbar war Alberich für ihn nur lebendig von Nutzen. War der Versuch den Einsatz wert?

Er entschied sich dagegen. Noch mochte er die Möglichkeit haben, lebend aus dieser ganzen Sache herauszukommen und zum Hohlen Berg zurückzukehren. Beinahe erschrocken wurde er sich bewußt, daß er seit Tagen nicht mehr an den Hort gedacht hatte. Lag er noch sicher im Berg? Oder waren bereits die ersten Räuberbanden eingetroffen, um die Schatzkammern zu plündern?

Unwillig folgte er dem Geweihten. Auf der anderen

Seite des Kadavers, am Abgrund der Klippe, drängte sich im rotgoldenen Licht der Morgensonne eine Schar von Sklaven aneinander. Eine Handvoll Krieger hielt sie mit blitzenden Waffen in Schach. Weitere Vasallen des Geweihten standen rund um die Seilwinde am Felsrand. Sie traten ehrfürchtig zur Seite, als ihr Anführer sich näherte.

Als Alberich bei ihnen eintraf, überkam ihn abermals das Flüstern der Melodie. Jetzt klang sie verzweifelt wie ein Hilfeschrei.

Schlagartig drehte sich der Geweihte zu ihm um. »Habt Ihr es gehört? Er fleht Euch an, ihm zu helfen.«

»Der Drache?« flüsterte Alberich, und ein Raunen ging durch die Kriegerschar.

»Er hat Euch hierhergeführt«, sagte der Geweihte. Die Strahlen der aufgehenden Sonne schmiegten sich wie Goldgeschmeide um seine Hornrüstung. »Euch und das Moosfräulein.« Leiser fügte er hinzu: »Genauso wie mich.«

Von jenseits der Klippe drang ein leises Plätschern herauf. Alberich hatte Mühe, es von der Melodie in seinem Kopf zu unterscheiden. Er spürte, wie ihn ein Schwindel überkam. Das mußte an der Höhe der Klippe liegen, an dem Ausblick über die weite Hügellandschaft am Westufer. Zwerge sind für die Tiefen der Erde geschaffen, nicht für die luftigen Bergeshöhen.

Die Gesichter und Gestalten um ihn herum begannen zu verschwimmen, sich zu vermischen wie unterschiedliche Farben in einem Tiegel. Die Melodie wurde lauter, mißtönender, bis er glaubte, er müsse die Hände in seinen Schädel graben und die fremden Klänge herausreißen.

Schlagartig verstummten sie und verschwanden in den Tiefen seines Bewußtseins.

Auch das Plätschern brach ab.

Alberich hatte angenommen, es sei vom Fluß heraufgedrungen. Doch als jetzt immer mehr Krieger mit sorgenvollen Blicken in den Abgrund schauten und ein Murren unter ihnen laut wurde, da begriff er, daß etwas Unerwartetes geschehen war.

Er blickte den Geweihten an und sah zu seinem Erstaunen, daß er lächelte. Nur einen Augenblick lang, dann war seine Miene wieder so starr und abweisend wie zuvor. Es war kein freundliches Lächeln gewesen.

»Das Blut ist versiegt«, rief einer der Männer und wandte sich beinahe vorwurfsvoll an den Geweihten.

Alberich erinnerte sich wieder an das hölzerne Auffangbecken in der Steilwand, von dem Geist ihm erzählt hatte. Also war es das Plätschern des Blutes gewesen, das in das Becken strömte.

Immer mehr Krieger begannen zu murren. »Wie sollen wir darin baden?« – »Das ist nicht mal ein halbes Faß voll!« – »Jemand muß es heraufholen!«

Alberich durchschaute allmählich, was vor sich ging. Der Geweihte hatte seinen Männern nicht nur Gold versprochen. Für Krieger wie sie war Unverwundbarkeit weit verlockender als feines Geschmeide.

Der Geweihte breitete in einer herrischen Geste die Arme aus. Sofort verstummten die Krieger und sahen ihn an.

»Jemand *wird* das Blut heraufholen«, rief er so laut, daß die Worte in der Tiefe widerhallten. »Ihr habt es Euch verdient. Vorher aber...« Er verstummte und deutete in weitem Bogen auf die verängstigten Sklaven am Rand der Klippe.

Ein neuer Blutdurst loderte in den Augen der Krieger auf und verdrängte für einen Augenblick Enttäuschung und Zorn. Und nun war es nicht mehr das Blut des Drachen, nach dem es ihnen gelüstete.

Mütterchen schauderte, als sie sich am Waldrand zwischen Hagen und Löwenzahn zwängte. Ihrer aller Augen waren auf das Geschehen gerichtet, das jenseits der Heide seinen unausweichlichen Verlauf nahm.

»Das können sie doch nicht wirklich tun«, flüsterte sogar Löwenzahn mit bebender Stimme.

Hagen runzelte die Stirn. »Natürlich könne sie.« Er klang ruhig, fast gleichgültig, doch seine Wangen zuckten, als gelänge es ihm nur mit Mühe, seine Wut im Zaum zu halten. Dann erkannte Mütterchen, daß es der Schmerz seiner Wunde war, der ihm zu schaffen machte, nicht die Unmenschlichkeit der Drachenkrieger. Die Verletzung schien sich zu entzünden.

Sie blickte ihn bösartig an. »Was macht es schon, daß noch ein paar Sklaven sterben – das ist es doch, was Ihr meint, nicht wahr?«

Ohne den Blick von den Sklaven zu wenden, die sich in einer langen Reihe an der Felskante aufstellen mußten, erwiderte Hagen: »Ohne die brennenden Seilwinden wäre es schlecht um Eure Flucht bestellt gewesen.«

»Macht Euch nicht lächerlich«, gab Mütterchen wütend zurück. »Wir haben in Eurem Feuer eine Freundin verloren. Und Ihr habt die Dreistigkeit, Euch –«

»Schaut doch nur!« fiel Löwenzahn ihr ins Wort.

Jäh verstummten alle drei.

Mütterchen hatte einundzwanzig Krieger gezählt. Ein Großteil von ihnen trat jetzt hinter die Reihe der Sklaven.

Jene, die um ihr Leben flehten, die weinten und auf die Knie fielen, wurden als erste gestoßen. Kreischend verschwanden sie im Abgrund. Ihnen folgten nach und nach die übrigen, einige sichtbar gleichgültig, weil sie längst mit dem Leben abgeschlossen hatten, andere mit Flüchen und Beleidigungen auf den Lippen. Ein paar von ihnen hatten vielleicht Glück und überlebten den Sturz in die Tiefe – obgleich die Wasseroberfläche aus dieser Höhe mit der Gewalt einer Felsplatte auf sie zuraste. Die meisten aber wurden beim Aufprall zerschmettert wie Figuren aus Lehm.

Mit tränenfeuchten Augen erkannte Mütterchen

Alberich, der mit gebunden Händen an der Seite des Geweihten stand, gleich neben der hohen Seilwinde. Er verfolgte den Mord an den Sklaven mit wutverzerrten Zügen.

Nachdem sie sich selbst zur Ruhe gezwungen hatte, fragte sie sich, wohin das Moosfräulein verschwunden war. Geist hatte ihnen berichtet, was ihr und Alberich widerfahren war, hatte ihnen auf dem Weg hierher auch die Einzelheiten der Heide geschildert – den gigantischen Kadaver, die Höhle, den Seilzug, das Auffangbecken und den Stollen in der Felswand.

Kurz darauf war das seltsame Geschöpf verschwunden, hatte seine Haut dem Dunkel des Waldes angeglichen und war darin untergetaucht. Hagen hatte ihr mißtraut, aber Mütterchen hatte gespürt, daß sie die Wahrheit sagte. Welchen Grund hätte sie auch haben sollen, sie anzulügen? Mütterchen hatte sich beim besten Willen nicht vorstellen können, daß Geist auf der Seite des Geweihten stand.

Wohl hatte sie sich gefragt, was das Moosfräulein sich vom Blut des Drachen erhoffte. Die Antwort darauf hatte sie nach einer Weile selbst gefunden. Der Blutsee hatte in ihren Hirnen längst ein Eigenleben gewonnen, verhieß dem einen Unverwundbarkeit, dem anderen Heilung von Krankheit. Geist wünschte sich, das Zauberblut des Drachen würde einen Menschen aus ihr machen. War das weniger abwegig als Alberichs Hornhaut, Löwenzahns Streben nach Heldentum und ihr eigener Wunsch nach den Kräften der Jugend?

War die Hoffnung des Mädchens auf Menschlichkeit nicht gar der redlichste Wunsch von allen?

»Greifen wir an?« fragte Löwenzahn nach einem Augenblick beklemmenden Schweigens.

»Um zu sterben?« flüsterte Hagen verächtlich.

Der Riese funkelte ihn zornig an. »Was für ein Ritter seid Ihr eigentlich, Hagen von Tronje?«

»Einer, der des Heldentums müde ist. Aber wie könntet Ihr das verstehen ...«

Löwenzahn wollte auffahren, doch Mütterchen legte ihm besänftigend eine Hand auf den Unterarm. »Ich glaube«, sagte sie dann und blickte dabei Hagen eingehend an, »dies ist der Augenblick, an dem wir uns entscheiden müssen, welches unsere Ziele sind. Falls es unterschiedliche sind, sollten wir uns trennen.«

»Trennen?« Hagen starrte hochmütig zurück. »Glaubt Ihr denn, es könnte Euch gelingen, allein gegen die Männer dort draußen zu bestehen?«

»Genausowenig wie Euch. Eure Wunde näßt und entzündet sich. Wie schnell könnt Ihr noch laufen, Ritter? Gegen wen wollte Ihr kämpfen, wenn es dazu kommt? Gegen den toten Drachen?«

Hagen seufzte leise. »Was also gedenkt Ihr zu tun, Frau Räuberin?«

Sie fragte sich, ob er ihr durch die Betonung ihrer Vergangenheit zu verstehen geben wollte, wie lange es her war, daß sie zuletzt eine solche Entscheidung getroffen hatte. Plötzlich fühlte sie wieder die Last der Verantwortung – wenigstens für Löwenzahn und sich selbst –, und Zweifel brachen über sie herein. Vielleicht war sie wirklich zu alt. Vielleicht sollte sie das tun, was Hagen wollte. Aber sie zweifelte nicht, daß Alberich dann den Tag nicht überleben würde.

Es sei denn, so kam es ihr in den Sinn, daß Hagen mehr an dem Horthüter lag, als er zugeben wollte. War es nur das Gold, auf das er aus war? Hatten ihn die Schätze des Geweihten hierhergeführt, ohne Wissen seines Königs? War es jetzt der Nibelungenhort selbst, der ihn lockte?

Mit einem scharfen Blick in die Augen des Ritters erklärte sie ihren Plan.

Kapitel 5

Mit versteinerter Miene stand Alberich am Fuß der hohen Seilwinde und beobachtete die Vorbereitungen der Krieger. Eben noch hatten sie geflucht über die geringe Menge von Drachenblut, die sich im Auffangbecken gesammelt hatte; jetzt aber schienen sie ihre Enttäuschung vergessen zu haben und machten einen von ihnen für den Abstieg in die Tiefe bereit. Sie legten ihm eine Seilschlinge um, die ihn sicher tragen sollte, dann schwangen sie ihn über die Kante und ließen ihn langsam an der Winde hinab.

Der Geweihte stand einige Schritte abseits seiner Männer und beobachtete erhobenen Hauptes deren Mühen. Äußerlich wirkte er überlegen und ruhig, aber Alberich spürte, wie verzehrend die Gier in ihm brannte.

Die Männer hatten nicht auf den Befehl ihres Anführers gewartet, sondern auf eigene Faust mit den Vorbereitungen für den Abstieg begonnen. Alberich hatte den Geist der Rebellion gefühlt, der in der Luft lag. Und er hatte begriffen, daß der Geweihte die Sklaven nur aus einem einzigen Grund geopfert hatte: um seine Männer auf andere Gedanken zu bringen und ihre Wut von ihm selbst abzulenken. Er konnte nicht riskieren, daß sie ihn der Lüge überführten – denn nichts anderes war es gewesen, als er jedem von ihnen ein Bad im Drachenblut versprochen hatte. Eine Meuterei aber war das letzte, das er in diesem Augenblick gebrauchen konnte.

Trotzdem verstand Alberich noch immer nicht die weiteren Pläne des Geweihten. Warum der Tunnel in den Kadaver des Drachen? Und was hatte er, Alberich Horthüter, damit zu schaffen?

»Langsamer!« rief einer der Krieger, der auf dem Bauch am Rand der Klippe lag und über sie hinaus in den Abgrund blickte. »Er ist gleich da.«

Andere gesellten sich neugierig neben ihn und schauten gleichfalls hinunter. »Jetzt steigt er ins Bekken«, brüllte einer erwartungsvoll den Zurückgebliebenen an der Seilwinde zu.

Alberich sah, daß ein bitteres Lächeln über das Gesicht des Geweihten zuckte. Oder war es wieder nur ein Schattenspiel der Hornspitzen? Nein, er war ganz sicher: Etwas erheiterte den Geweihten.

Ein qualvoller Schrei drang aus der Tiefe empor, erst nur verhalten, dann in plötzlichem Begreifen so gellend, daß einige der Männer die Hände vor die Ohren schlugen. Er wurde nicht leiser, ganz im Gegenteil; der Mann stürzte also nicht. Irgend etwas anderes war geschehen.

Alberich sprang vor, robbte an die Felskante und blickte nach unten.

Zum ersten Mal sah er das Becken und das Blut darin.

Er sah auch das, was das Blut aus dem Mann gemacht hatte.

Der Krieger hatte sich am Seil direkt in das rechteckige Becken geschwungen und war mit den Stiefeln darin zum Stehen gekommen. Das dunkelrote Blut des Drachen reichte ihm bis zu den Knöcheln. Wie unsichtbares Feuer hatte es sich in Windeseile durch Leder, Fleisch und Knochen gebrannt und die Füße des kreischenden Mannes verzehrt. Alberich sah noch, wie der Krieger nach vorne stürzte, sich mit Knien und Fingern im Blut aufstützte. Seine Hände und Unterschenkel zerfielen zu braunem Schlamm. Er begann in höchster Qual zu strampeln und um sich zu schlagen, rollte dabei mit Brust und Gesicht in die zähe Brühe. Seine Schreie verstummten, als das Drachenblut seine Kiefer zerfraß.

Augenblicke später erinnerten nur noch blasige Schlieren auf der Oberfläche an den Mann.

Einige Atemzüge lang herrschte völlige Stille. Niemand rührte sich, keiner wagte zu sprechen.

Dann, auf einen Schlag, brachen Chaos und Entsetzen über die Krieger herein. Jähes Begreifen zeichnete sich auf ihren Gesichtern ab. Die an der Kante gelegen hatten sprangen auf, einer zog gar sein Schwert, als wolle er seinen Zorn damit in Stücke schlagen. Allmählich ordnete sich das wilde Durcheinander zu einer einzigen Anschuldigung: »Betrug!« rief einer und deutete dabei auf den Geweihten.

Alberich dachte, dies sei ein feiner Weg, alle seine Sorgen loszuwerden. Die Krieger würden ihren eigenen Herrn angreifen, einige würden sich auf seine Seite stellen, und am Ende meuchelten sich alle gegenseitig. Ja, das wäre eine gute Sache gewesen.

Aber natürlich war das Schicksal anderer Ansicht.

»Haltet ein!« rief der Geweihte; ihm waren wohl ähnliche Gedanken durch den Kopf gegangen. »Ihr laßt euch von eurer Ungeduld leiten. Warum mußte einer von euch dort hinuntersteigen, ohne meinen Befehl abzuwarten? Warum verzehrt euch die Gier nach etwas, das ihr längst besitzt? Das Blut des Drachen ist unser, und niemand kann daran etwas ändern.«

»Aber es tötet uns!« brüllte einer erzürnt, fuhr aber zusammen, als der Blick des Geweihten ihn traf.

»Nein! Es ist eure Ungeduld, die euch tötet. Das Blut muß behandelt werden, mit der Magie des Alten Volkes. Mit einer Magie, die allein unser Zwerg hier besitzt!« Dabei deutete er triumphierend auf den verwirrten Alberich, der gleich den Kopf zwischen die Schultern zog.

Aller Augen richteten sich auf ihn. Einige abschätzig, andere mit unverhohlener Wut. Aus manchen sprach sogar Neid, und es waren jene, die Alberich die größte Furcht einflößten.

»Was wollt ihr von mir?« fragte er kleinlaut. Wenn er seine Geißel noch gehabt hätte, dann hätte er ihnen gezeigt, was in ihm steckte. Aber unbewaffnet, einer vielfachen Übermacht von Menschen ausgeliefert, die allesamt doppelt so groß waren wie er selbst – was blieb ihm da schon, als klein beizugeben?

Zwei Krieger sprangen vor und packten ihn grob an den Armen. »Was sollen wir mit ihm tun, Herr?«

Ihr Vertrauen in die Worte des Geweihten schien nach wie vor unerschütterlich. Alberich wehrte sich nur halbherzig. Von einem Augenblick zum nächsten war die Treue der Männer wiederhergestellt, keiner schien die Worte des Geweihten in Frage zu stellen. Jeder Gedanke an Meuterei war wie ausgelöscht.

Statt dessen richteten sich Zorn und Gier der Krieger nun auf den Zweg.

Der Geweihte bemerkte es mit Genugtuung. »Bindet ihn an die Seilwinde. Dann laßt ihn hinunter. Er soll uns einen Krug voll Drachenblut heraufbringen.«

»Ihr wollt, daß es mir ebenso ergeht wie Eurem Krieger?« rief Alberich voller Entsetzen aus, doch die Worte gingen im Lärm der Kriegerschar unter, die gleich mit einer Vielzahl von Händen daran ging, den Befehl ihres Herrn in die Tat umzusetzen.

Wenige Augenblicke später wurde er mit einem hölzernen Eimer in der Hand über die Kante gestoßen. Er schrie auf, als er die ersten zwei Schritte in freiem Fall in die Tiefe sauste, dann hielt ihn die Seilschlaufe mit einem grausamen Ruck in der Schwebe. Seine Brust und seine Schultern schienen in Flammen zu stehen, so schrecklich war der Schmerz, als sich der Strick um seine Glieder zusammenzog. Einen Moment lang fürchtete er, sein ganzer Leib würde auseinandergerissen, doch dann ließ der Schmerz schlagartig nach. Mit strampelnden Beinen wurde Alberich in den Abgrund herabgelassen.

Sein Verstand arbeitete fieberhaft. Geist hatte recht gehabt mit ihrem Vergleich, daß die Klippe wie ein Vogelschnabel vorsprang. Die Felswand fiel nicht gerade nach unten ab, sie wölbte sich vielmehr unterhalb des Plateaus nach innen. Alberich würde am Seil hin- und herschwingen müssen, um den Rand des Auffangbeckens zu erreichen. Das Schwindelgefühl machte ihn ganz verrückt, die Landschaft um ihn herum verschwamm zu grellem Farbflackern. Weit, weit unter ihm umspülte der Rhein den Fuß der Klippe. Die Leichen der Sklaven waren verschwunden, die Strömung mußte sie fortgerissen haben.

Und wenn sie doch noch da waren, gleich unter der Oberfläche? Wenn Alberich in die Tiefe stürzte und den Aufprall überlebte – nur um dann von eisigen Totenhänden zum Grund des Flusses gezerrt zu werden? Diese Vorstellung nahm auf einmal sein ganzes Denken ein. Immer wieder sah er sich in der düsteren Tiefe, während die Leichen mit schnappenden Klauen um ihn in der Dunkelheit schwebten.

Auch die Melodie stellte sich wieder ein, ein schrilles Auf und Ab von Tönen, das sich immer tiefer in seine Erinnerung brannte.

Als die Krieger bemerkten, daß der Zwerg nicht von selbst die Kraft aufbrachte, vor und zurück zu schaukeln, brachten sie selbst die Seile zum Schwingen. Die plötzliche Bewegung riß Alberich aus dem panischen Taumel seiner Schreckensbilder. Der Beckenrand kam näher, er versuchte, ihn zu fassen, doch seine freie Hand griff ins Nichts. Schon schwang er wieder zurück, fort von der Felswand, in die absolute Leere über dem Fluß. Wieder vor, wieder zurück.

So ging es mehrmals, und dabei gelang es ihm zum ersten Mal, die Konstruktion des Beckens genauer zu betrachten. Es war ein viereckiges Gebilde aus Balken, von einem Spinnenetz aus Brettern und Stämmen waagerecht in der Steilwand gehalten. Eine Brüstung, die Alberich fast bis zur Schulter reichte, umgab das eigentliche Becken, das mit einer schwarzen Schicht, augenscheinlich Pech, abgedichtet war. Wenn er sich nicht täuschte, maß es mindestens sechs mal vier Menschenschritte.

Er fragte sich, wie viele Sklaven beim Bau dieser Konstruktion ihr Leben gelassen hatten. Er stellte sich vor, wie sie an Stricken vor den Felsen gebaumelt hatten wie ein Heer von emsigen Spinnen, bewaffnet mit Hämmern und Nägeln und Balken.

Wieder raste er mit Schwung auf das Becken zu, und diesmal gelang es ihm, sich mit beiden Armen daran festzuklammern. Der Eimer schepperte aus seiner Hand lautstark in die Mitte des Beckens. Von oben erklangen aufmunternde Rufe, der schlimmste Hohn von allem.

Ächzend kämpfte Alberich sich auf den oberen Rand der Brüstung und blieb dort sitzen. Vor ihm lag das rote Rechteck des Beckenbodens, doppelt handbreit mit dem Blut des Drachen bedeckt. Er blickte an der Steilwand nach oben und entdeckte den Stollen, der zwei Schritte über dem Becken in den Fels führte. Der Blutstrom war längst versiegt. Unterhalb der Öffnung war ein Rinnsal am Stein zu brauner Schlacke geronnen.

Was war mit den Männern geschehen, die sich im Stollen befunden hatten, als der Durchbruch zum Grund des Blutsees gelang? Hatte das hervorschießende Blut sie in den Rhein gespült? Oder war es ihnen ebenso ergangen wie dem Krieger? Letzteres, vermutete

Alberich – und wurde sich im selben Augenblick erneut seiner Lage bewußt. Die Anstrengung, das Bekken zu erreichen, hatte ihn eine Weile lang so sehr beschäftigt, daß alles andere nebensächlich geworden war. Jetzt aber, da er auf dem Balkenrand kauerte und auf die Oberfläche des Drachenblutes hinabstarrte, traten ihm wieder die Bilder des zerfressenen Mannes vor Augen.

Oben wurden abermals Rufe laut. Die Krieger forderten ihn auf, endlich hinab ins Blut zu steigen und einen Eimer voll herauszuschöpfen.

Der Eimer! Da lag er, inmitten des Beckens. Unversehrt!

Wie war das möglich? Das Blut hatte auch die Kleidung des Kriegers zersetzt. Nichts war übriggeblieben. Warum also blieb der Eimer heil? Und, überhaupt, weshalb konnte das Becken selbst der zerstörerischen Macht des Blutes widerstehen?

Alberich glaubte nicht, daß es am Holz lag. Der Krieger hatte Fell und Leder und Eisen getragen, und sicher auch den einen oder anderen Holzknopf. Wären sie unbeschädigt geblieben, hätten sie an der Oberfläche schwimmen müssen. Aber da war nichts, gar nichts!

Ein heftiger Ruck an den Seilen ließ ihn beinahe wieder nach hinten stürzen. Gerade noch gelang es ihm, sich am Balken festzuklammern und seinen Fall zu verhindern. Die Krieger an der Winde wurden ungeduldig. Mehr als das: Sie schrien und fluchten vor

Zorn, drohten ihm mit Höllenqualen und Schlimmerem. (Das war es tatsächlich, was sie riefen – »Schlimmeres« –, was auch immer sie darunter verstehen mochten; Alberich war allerdings nicht begierig darauf, es am eigenen Leibe zu erfahren.)

Instinktiv zerrte er an den Knoten und Schlaufen, die ihn hielten. Doch jeder Versuch, sie zu lösen, war vergebens. Die Männer hatten ganze Arbeit geleistet, als sie ihn derart verschnürten. Auch besaß er kein Messer, mit dem er das Seil hätte kappen können. Die Erkenntnis, daß er ihnen auf Gedeih und Verderben ausgeliefert war, warf ihn in tiefe Verzweiflung. Er mußte tun, was sie verlangten. Mit den Füßen ins Blut steigen.

Er versuchte, ein Stück Stoff aus seinem Wams zu reißen, um es versuchsweise unterzutauchen, aber selbst das wollte ihm nicht gelingen. Seine Finger zitterten – allein von der Höhe, sagte er sich wieder und wieder –, und er fürchtete, seine Füße würden ihn nicht tragen, wenn er sie ins Becken stellte. Vorausgesetzt, das Blut zerfraß sie nicht innerhalb eines einzigen Herzschlags.

Wieder wurde an den Seilen gezerrt, und das gab den Ausschlag. Alberich schloß die Augen und ließ sich vom Rand ins Becken gleiten. Das Blut umschloß seine Füße, reichte ihm bis zu den Waden.

Wenigstens tut es nicht weh, dachte er.

Als er zaghaft die Augen öffnete, waren seine Füße noch da, wo sie hingehörten. Kein unsichtbares Feuer, das sie verzehrte. Nur das allmählich dickflüssig werdende Blut, das sie aufgesogen hatte wie roter Morast. Die Krieger oben auf der Klippe machten schäbige Witze über ihn; jedenfalls lachten sie grob. Vielleicht war es auch nur ein Zeichen ihrer Erleichterung.

Einen Augenblick lang fragte er sich, was der Geweihte gerade tat. Er schien nicht bei ihnen zu sein, denn er hörte seine Stimme nicht mehr. Möglicherweise stand er wieder stumm im Hintergrund, ein dräuender Schatten, halb Mensch, halb Zauberwesen.

Angewidert stapfte Alberich vorwärts, packte den Eimer und schabte damit über den Beckenboden. Er füllte sich zu zwei Dritteln.

»Und nun?« brüllte er mit schwankender Stimme nach oben.

Zu seinem jähen Schrecken schwankte nicht allein seine Stimme – auch das Becken hatte unter seinen Schritten zu beben begonnen. Offenbar war es weniger fest verankert, als er angenommen hatte.

Als Antwort auf seine Frage sauste ein einzelnes Seilende in die Tiefe, beschwert mit einem Stein. Hastig wurde es drei-, viermal vor und zurück geschwungen, dann gelang es Alberich, den Stein zu packen. Er war viel schwerer, als er vermutet hatte, und so groß wie sein Kopf. Das Gewicht ließ ihn stolpern. Mit den Knien fiel er mitten ins Blut. Wieder wackelte die ganze Konstruktion.

Auf der Klippe wurde neuerliches Lachen laut. Die Gesichter, die sich über die Felskante reckten, grinsten schadenfroh.

»Binde den Eimer am Seil fest!« rief eine Stimme von oben. »Aber gib acht! Wehe, du vergießt einen Tropfen!«

Was willst du dann tun? dachte er wütend. Runterkommen und mich erschlagen? Aber er sagte nichts und versuchte, den Stein vom Seil loszubinden.

»Es geht nicht!« rief er schließlich hinauf. »Ihr habt die Knoten zu fest gemacht.« Das war die Wahrheit; der Stein ließ sich mit aller Mühe nicht von dem Strick lösen.

»Dann knote das Seil eben mit dem Stein am Eimer fest!« kam die ungeduldige Antwort.

»Unmöglich. Der Stein paßt nicht unter den Griff. Ich muß ihn abschneiden.«

Was er selbst nicht für möglich gehalten hatte, geschah: In weitem Bogen wurde etwas auf ihn zugeschleudert und fiel unweit von ihm ins Blut. So dumm konnten sie nicht sein! durchfuhr es Alberich ungläubig. Aber als er die Hand ins Blut tauchte und mit den Fingern über den Grund des Beckens tastete, bewahrheitete sich seine Hoffnung. Es war ein Dolch!

Über ihm brach ein Streit aus. Der Krieger, der seine Klinge hinabgeworfen hatte, wurde lautstark gescholten.

Schließlich brüllte eine Stimme: »Paß auf, was du tust, Zwerg! Wir haben dich schneller hochgezogen, als du glaubst!«

Damit mochten sie wohl recht haben. Tatsächlich aber beschäftigte Alberich in diesem Moment etwas völlig anderes. Immer noch steckte seine Hand im dickflüssigen Blut des Drachen. Es war das erste Mal, daß es direkt mit seiner nackten Haut in Berührung kam.

Die Melodie überkam ihn mit solcher Wucht, daß er abermals zurücktaumelte, aufs Hinterteil fiel und sich mit beiden Händen abstützen mußte. Das Blut umschloß zäh seine Finger, kroch an seinen Armen hinauf bis zu den Ellbogen. *Kroch wie ein lebendes Wesen!*

Diesmal war die Melodie nicht irgendwo in den Weiten seines Hirns, sondern direkt hinter der Stirn, auch in seinen Ohren. Und sie klang mehr und mehr wie Hilferufe.

Es lebt! schoß es ihm durch den Kopf.

Nur deshalb war noch immer ein Teil davon flüssig. Nur deshalb vermochte es selbst zu entscheiden, wen oder was es zersetzte und wer davon unberührt blieb.

Das Blut, in dessen Mitte er saß, *lebte!*

Doch warum verschonte es gerade ihn?

Die Melodie trat abermals hinter seine eigenen Gedanken zurück. Sie war nicht fort, aber doch leise genug, daß er versuchen konnte, wieder zu klarem Verstand zu kommen.

Die Rufe und Drohungen der Krieger wurden lauter. Eilig machte er sich daran, den Stein vom Seil zu schneiden. Dann knotete er das Ende um den Eimergriff und gab den Kriegern zu verstehen, sie sollten ihn vorsichtig hinaufziehen.

Aller Augen waren auf den Eimer gerichtet, der jetzt langsam und pendelnd nach oben schwebte.

Das war genau die Ablenkung, auf die Alberich gewartet hatte. Eilig machte er sich daran, das Seil, das sie ihm um Brust und Schultern geschlungen hatten, zu zerschneiden. Es ging viel schwerer, als er gehofft hatte, denn der Strick war dicker und fester gedreht als jener, der den Eimer trug. Jeden Moment konnten sie bemerken, was er tat. Sie würden ihn aus dem Becken zerren, bevor er sich gänzlich befreien konnte. Wenn er Pech hatte, würde das Seil gerade dann reißen, wenn er frei in der Luft hing.

Der Eimer hatte die Felskante fast erreicht, als das Unvermeidliche geschah.

»Zieht den kleinen Bastard hoch!« schrie einer. »Er zerschneidet den Strick!«

Sogleich straffte sich die Schlaufe um Alberichs Körper. Noch immer hielt das Seil, war etwa bis zur Hälfte durchgesägt. Der Ruck zerrte den Zwerg quer durch das Drachenblut, bis er von oben bis unten damit bedeckt war. Sein Kopf prallte gegen die Brüstung, doch immer noch schnitt er tiefer und tiefer ins Seil. Seine Schultern glitten an den Balken empor, als die Seilwinde sich unaufhaltsam drehte und ihn nach oben zog. Schon blickte er über den Rand hinweg in den Abgrund, wieder schwindelte ihm – und da endlich riß das Seil. Peitschend lösten sich die Schlaufen, schnitten heiß in seine Haut. Mit einem Klatschen fiel er zurück ins Becken. Die Seilenden tanzten wie zappelnde Schlangen über dem Abgrund.

Der Eimer hingegen gelangte nach oben und wurde über die Kante gehoben. Alberich hörte, wie der Geweihte Befehle schrie, konnte sie aber nicht verstehen.

Beinahe gleichzeitig ging ein Pfeilhagel auf das Bekken nieder, doch keines der Geschosse kam ihm näher als zwei Schritte. Die Krieger hatten beträchtliche Mühe mit dem Zielen, während sie mit dem Oberkörper über der Kante hingen. Daß sie dabei ihr Leben ihren Kameraden anvertrauen mußten, die sie an den Beinen festhielten, war ihrem Geschick nicht eben zuträglich.

Alberich ging hinter der Brüstung in Deckung, blutbesudelt von den Zehen bis zur Nasenspitze. Ein wahnwitziger Gedanke durchfuhr ihn: War er jetzt unverletzlich? Hatte er bereits die gleiche Panzerhaut, wie Siegfried sie angeblich sein eigen nannte?

Er war versucht, die Dolchspitze gegen sich selbst zu richten und es einfach auszuprobieren, als er bemerkte, daß die Bogenschützen ihre sinnlosen Mühen aufgegeben hatten. Statt dessen wurde ein einzelner Krieger an einem Seil heruntergelassen, bewaffnet mit Schwert und Dolch und einer Axt im Gürtel.

Alberich erhob sich und wurde sich gleichzeitig bewußt, daß er eine furchterregende Erscheinung abgeben mußte. Das Blut war bereits so zäh geworden, daß es sich wie eine dunkelrote Haut um ihn legte. Für den Krieger mußte es aussehen, als habe das Drachenblut selbst Form angenommen, das Zerrbild eines Menschen. Trotzdem schwirrte er näher und näher, begann bereits hin und her zu schaukeln, um den Beckenrand zu fassen zu bekommen.

Alberich war unbewaffnet bis auf den Dolch, und der mochte ihm kaum eine Hilfe sein. Aber er hatte einen besseren Einfall.

Ungeduldig wartete er, bis der Krieger sich auf seiner Höhe befand und dem Becken gefährlich nahe kam. Beim nächsten Schwung mußte er es erreichen.

Da packte Alberich mit beiden Händen den Stein, den er vom Seil geschnitten hatte, stemmte ihn so schnell er konnte in die Höhe und schleuderte ihn dem heranschwingenden Krieger entgegen.

Er hätte gar nicht besser zielen können. Der Stein krachte im selben Moment in die entsetzte Grimasse des Kriegers, als er Alberichs Absicht erkannte, zerschmetterte sein Gesicht und stürzte in die Tiefe. Zukkend pendelte der Krieger hin und her, verlor Schwert und Dolch und war schließlich nicht mehr als lebloser Ballast am Ende des Seiles.

Alberich achtete nicht auf die Drohungen und Verwünschungen von oben.

Statt dessen nahm er endlich in Angriff, was er die ganze Zeit über vorgehabt hatte.

Er zerstörte das Becken.

Geist lag flach im Heidekraut und beobachtete, wie der Geweihte den Bluteimer entgegennahm. Ihre Haut hatte die braungrüne Farbe des Untergrunds angenommen, und sie preßte sich eng in die niedrigen Büsche; so hoffte sie, unbemerkt zu bleiben. Zumal die Krieger kaum damit rechnen würden, daß sie hierher zurückgekehrt war.

Der Geweihte gab seinen Männern Befehl, den Zwerg, egal mit welchen Mitteln, wieder nach oben zu holen. Dann sollten sie ein Faß aufstellen, und es von Alberich Eimer um Eimer auffüllen lassen. Danach wollte der Geweihte selbst, so sagte er, mit Hilfe Alberichs den Zauber durchführen, der dem Blut die Gefährlichkeit nehmen sollte.

Ein vages Mißtrauen ließ Geist an den Worten des Geweihten zweifeln. Vermochte er wirklich, was er behauptete, oder wollte er nur Zeit gewinnen und seine Männer ablenken? Die Krieger jedenfalls schenkten ihm Glauben, und das konnte auch Geist nur recht sein. Die Gefahr, entdeckt zu werden, verringerte sich dadurch beträchtlich.

Sie sah, wie der Geweihte sich vom Klippenrand abwandte und mit dem Bluteimer in Händen auf den Drachenkadaver zuschritt. Ihre Gedanken überschlugen sich. Sie mußte in Erfahrung bringen, was er vorhatte, selbst wenn es nötig war, sich dafür in seine Nähe zu begeben.

So flach am Boden wie nur möglich kroch sie durch das Heidekraut auf den versteinerten Leib des Untiers zu. Die Büsche kratzten und schnitten in ihr Fleisch, vereinzelte Brennesseln und Disteln schienen ihren Körper in Flammen zu setzen. Noch zehn Schritte, dann würde sie den klaffenden Schlund des Drachen erreichen. Der Schädel lag kopfüber da, Stirn und Oberkiefer ruhten im Heidekraut. Die zahnlosen Kiefer standen offen wie ein furchterregendes Tor.

Der Geweihte war hinter dem Kadaver verschwunden, das Schuppengebirge des Drachen schützte ihn vor Geists Blicken. Schnell kroch sie am Drachen vorbei und bemühte sich, ihren Blick von den Augen der Bestie fernzuhalten. Die gelben Pupillen machten ihr angst, mehr noch als das riesige Maul, denn es schien, als seien sie von der Versteinerung ausgeschlossen. Es war, als sei immer noch Leben in ihnen, ganz tief in ihrem Inneren. Vielleicht, so versuchte Geist sich zu beruhigen, waren es auch nur die Strahlen der Morgensonne, die sich in der glasigen Oberfläche brachen.

Als sie die andere Seite des Kadavers erreichte, hatte sich der Geweihte in Luft aufgelöst. Aber sie hatte doch genau gesehen, wie er den gewaltigen Schuppenschwanz des Leichnams umrundet hatte! Wo, verflucht, war er jetzt hin?

Sie entdeckte ihn, als er sich nur wenige Schritte von ihr entfernt hinter einer breiten Hautfalte des Untiers erhob. Einen schrecklichen Augenblick lang glaubte sie, er habe ihr aufgelauert; dann aber erkannte sie, daß er sich nur nach etwas gebückt hatte, das verborgen hinter der Falte lag.

Es war ein Horn, deutlich größer als jene der Krieger und mit einem Spinnennetz haarfeiner Runen überzogen.

Wenn sie sich ihm noch weiter näherte, war die Gefahr, von ihm erspäht zu werden, kaum noch abzuschätzen. Einen Augenblick lang erwog sie allen Ernstes, ins Maul des Drachen zu kriechen und den Geweihten über den aufgerissenen Kiefer der Bestie hinweg zu beobachten. Er ist versteinert, sagte sie sich immer wieder; nichts als ein Felsbrocken, der nur noch aussieht wie ein Drache.

Letztlich überwogen Angst und Ekel, und sie beschloß, noch ein wenig weiter um die Kiefer herumzukriechen, bis sich ihr ein besserer Blick auf die verdrehte Flanke des Tieres bot. Aus dem Maul wehte ein furchtbarer Gestank ins Freie und umschloß sie wie eine giftige Wolke.

Der Geweihte ging mit ehrfurchtsvollen Schritten auf ein großes Loch in der Seite des Drachen zu. Seine Bewegungen waren langsam, fast zögernd. Das Schleifen der Geweihenden klang leiser als sonst.

Geist fragte sich, ob er sich fürchtete. Die Zurückhaltung, mit der er seine Schritte setzte, die angedeutete Demut seiner Körperhaltung, all das sprach für eine tiefe Unruhe.

Hatte er Angst vor dem Drachen? Nein, dachte sie, nicht vor dem versteinerten Koloß selbst – vielmehr scheute er den Blick in das Innere der Öffnung. Es war das Bewußtsein um den Weg, den er offenbar gehen wollte, denn nun blieb er vor dem Loch in der Drachenflanke stehen, überlegte noch einen Augenblick, dann setzte er einen Fuß auf den Steinrand der Wunde. In der linken Hand hielt er den Bluteimer, in der anderen das Horn.

Geist fluchte im stillen. Von ihrer Lage aus konnte sie nicht in die Öffnung hineinsehen.

Zögernd, aber in der Gewißheit, daß es nun einmal ihr Schicksal war, schob Geist sich weiter vorwärts. Sie verließ jetzt den Schutz des Kadavers, und sie war sich bewußt, daß der Geweihte sie entdecken würde, wenn er den Blick zufällig in ihre Richtung wandte. Ihre Chamäleonhaut war eine gute Tarnung, aber mehr als einem flüchtigen Blick hielt sie nicht stand. Und immerhin wußte der Geweihte, daß sie noch irgendwo hier draußen war.

Andererseits schien ihn die bevorstehende Aufgabe völlig für sich einzunehmen. Er blickte nicht nach links, nicht nach rechts, nur geradewegs in die dunkle Wunde, die als niedriger Tunnel ins Innere des Drachen führte. Zwei freigeschabte Rippen umrahmten die Öffnung wie bleiche Säulen.

Ein wildes Brüllen ertönte aus der Richtung des Waldrandes. Der Geweihte wirbelte herum. Der Schrecken auf seinen Zügen wollte so gar nicht zu seiner furchterregenden Erscheinung passen, und Geist wurde zum ersten Mal bewußt, wie angespannt er wirklich war.

Das Brüllen kam näher. Geist mußte sich zusammenreißen, um sich nicht ebenfalls umzudrehen. Jede hastige Bewegung mochte sie verraten.

Doch die Moosfräulein sind bekannt für ihre kindliche Neugier, und Geist war keine Ausnahme. Schließlich gab sie ihrem angeborenen Vorwitz nach, hob die Schultern vom Heidekraut und drehte ihren Kopf.

Ein Koloß stürmte vom Waldrand über die Heide. Schwertschwingend stieß er eine Reihe wilder Schreie aus und rannte auf die Krieger am Klippenrand zu.

Es war Löwenzahn, und sein Gesicht brannte.

Nicht sein Gesicht! erkannte Geist mit kaltem Schrecken. Sein Bart stand in Flammen, ein lodernder Feuerball, der eine schwarze Spur aus Rauch hinter sich herzog. Für die Krieger mußte es aussehen, als sei der Feuergott selbst vom Himmel herabgestiegen.

Der Schmerz mußte grauenvoll sein, aber gleichzeitig schien er Löwenzahn anzutreiben, stürzte ihn in einen Berserkerzorn, dem keiner der zwanzig Drachenkrieger entrinnen konnte.

Die ersten ließen von der Seilwinde ab und liefen dem Riesen mit zögernden Schritten entgegen. Auf halbem Weg zwischen Wald und Klippe trafen sie aufeinander. Löwenzahns Schreie wurden immer grauenvoller, er fällte die beiden ersten Gegner mit einem einzigen Schlag und riß die Klinge empor, um sich den nächsten entgegenzustellen. Einer brach zusammen, bevor er den Koloß überhaupt erreichte; ein Pfeilschaft mit schwarzen Rabenfedern ragte aus seiner Kehle.

Löwenzahn nutzte die Atempause, um die Flammen

vor seiner Brust mit dem Umhang des Toten zu löschen. Sein Gesicht rauchte, und sein Kinn war von Blasen entstellt, doch er schien die Schmerzen nicht mehr zu spüren. Immer mehr Krieger warfen sich ihm nun entgegen, einige wurden von Pfeilen gefällt, doch viele kamen bis zu ihm durch. Ein wildes Gerangel aus blitzenden Schwertern, blutigen Leibern und dem Schreien der Verwundeten nahm seinen Anfang, immer wieder übertönt von Löwenzahns Gebrüll.

Am Waldrand erkannte Geist eine Gestalt mit wallendem grauem Haar, die einen Langbogen in Händen hielt. Pfeil um Pfeil sandte sie zu Löwenzahns Unterstützung über die Heide. Ein finsteres Lächeln spielte um Mütterchens Lippen, als sie feststellte, daß ihre Zielsicherheit in den vergangenen Jahren kaum nachgelassen hatte.

Und noch jemanden entdeckte das Moosfräulein. Ein finsterer Krieger, ganz in Schwarz gekleidet, mit flatterndem Umhang und einem Kragen aus Rabenfedern, pirschte in weitem Bogen um die Kämpfenden herum und näherte sich der Seilwinde. Hagen von Tronje zog das verletzte Bein noch stärker nach als vor wenigen Stunden, als sie den dreien im Wald begegnet war. Mit verbissener Miene näherte er sich seinem Ziel. Auch die letzten Drachenkrieger hatten ihren Platz an der Klippe verlassen und waren dem wütenden Löwenzahn entgegengestürmt. Die Winde war unbewacht.

In all der Aufregung hatte Geist fast vergessen, in welcher Gefahr sie selbst sich befand. Als sie nun hastig zurück zum Drachen schaute, wurde ihr der Blick von den Beinen des Geweihten versperrt. Er hatte Horn und Bluteimer am Kadaver zurückgelassen und stand nur noch einen Schritt vor ihr, starrte kalt zu ihr herab. Im gleichen Moment schossen seine Hände vor, die Finger zu Klauen gekrümmt.

Geist wälzte sich blitzschnell herum, um seinem Griff zu entgehen. Flink wollte sie auf die Beine springen und die Flucht ergreifen, doch der Geweihte entwickelte eine unerhörte Schnelligkeit und Kraft. Seine Hände packten das nackte Mädchen am linken Arm. Ein seltsamens Kribbeln durchfuhr sie, wo seine Finger sie berührten. Ein bestimmter Teil ihrer selbst schien etwas in ihm zu erkennen, seine Gleichartigkeit zu begreifen, die Verwandtschaft zu akzeptieren. Doch als seine Hände fester zudrückten und sie mit Gewalt vom Boden rissen, da verflüchtigten sich solche Gedanken. Was blieb, waren Furcht und tiefempfundene Abscheu.

Sie versuchte, ihn zu treten und mit den Zähnen nach ihm zu schnappen, doch der Geweihte lachte nur leise über ihre vergebliche Gegenwehr. Wie ein unwilliges Stück Vieh zerrte er sie zur offenen Flanke des Drachen, direkt vor den Spalt zwischen den Rippen. Der Tunnel durch die Eingeweide der Bestie war pechschwarz.

»Du wirst etwas für mich tun«, zischte der Geweihte ihr ins Ohr. »Ich will, daß du –«

Geists Aufschrei unterbrach ihn. Gellend rief sie

nach Löwenzahn und Mütterchen, bis sich die Hand des Geweihten auf ihren Mund legte und sie zum Schweigen brachte.

»Dein Freund, der Zwerg, hat sich verkrochen. Bedank dich bei ihm, daß es nun dich trifft, mein Kind.« Sein starrer Blick senkte sich böse in das unschuldige Blau ihrer Augen. »Du wirst mir gehorchen! Deine Gefährten werden dir nicht zu Hilfe kommen. Du bist kein Mensch wie sie, du bedeutest ihnen nicht mehr als der Baum, den sie fällen, damit es warm wird in ihren Stuben. Begreif das endlich! Wir sind anders als sie, vollkommen anders.«

Es gelang Geist, ihre Zähne in seine Finger zu schlagen. Ruckartig zog er seine Hand von ihrem Mund. »Irgendwann werde ich ein Mensch sein«, spie sie ihm verächtlich entgegen. »Ich bin jetzt schon menschlicher als du.«

Er lächelte. »In deinen Träumen und Hoffnungen. Gleich wird sich erweisen, ob wirklich etwas Menschliches in dir steckt. Ich wollte es selbst wagen, aber besser ist, du gehst voraus.«

»Was hast du vor?« Sie überlegte, ob sie abermals um Hilfe rufen sollte, als sie plötzlich die Melodie hörte. Sie hatte sie schon vorher vernommen, auf ihrem Weg hierher, einmal sogar daheim, in den Wäldern rund um Obbos Wirtshaus. Ihr war nie der Gedanke gekommen, daß die Folge klingender Töne eine Lockruf, ein Wegweiser sein könnte.

»Jetzt hörst du es wieder, nicht wahr?« wisperte der

Geweihte ihr ins Ohr. »Ich kann es auch hören, leiser als du, aber ich höre es. Willst du ihm nicht helfen? Spürst du nicht auch das Verlangen, die Qualen dieser Kreatur zu beenden?«

»Welcher Kreatur?« stammelte sie verwirrt, obgleich sie es ahnte.

Der Geweihte deutete auf den Kadaver. »Sieh ihn dir an! Schau, wie er daliegt, verstümmelt, entstellt.«

»Deine Männer waren es, die ihm die Zähne aus den Kiefern rissen, und die ihm ... das hier antaten.« Sie zeigte auf das klaffende Loch in der Flanke.

»In seinem Auftrag«, widersprach der Geweihte, »zu seinem Besten.«

»Du willst ihn zurück ins Leben rufen?«

»Ihn befreien aus den Ketten des Todes, ihm das Leben geben, das sein war, länger als jedem anderen Wesen. Er ist so alt wie die Berge selbst, älter als der Fluß und die Reiche an seinen Ufern. Und er ist der letzte seiner Art. Er hat es nicht verdient zu sterben. Seine Stärke, seine Klugheit, die List, die er in sich trägt – kein Wesen kommt ihm darin gleich. Er ist der Drache, von dem wir alle irgendwann gehört haben, in Legenden und den Geschichten der Alten. Und jetzt liegt er vor dir, du hörst seine Hilfeschreie, und du willst dich ihm verweigern? Ist das wirklich dein Ernst?«

Sie zitterte am ganzen Leib, hatte keine Gewalt mehr über ihre Glieder. »Warum tust du es nicht selbst, so wie du es vorgehabt hast?«

»Weil mir an seiner Dankbarkeit liegt. Was nutzt sie mir, wenn ich tot bin? Wird er den Zauber in mir erkennen, wenn ich seinen Leib betrete? Oder wird er mich verschlingen, so wie jene, die diesen Tunnel gruben? Niemand weiß es. Wir allein, die wir das magische Blut der Alten in uns tragen – der Zwerg und du und ich –, vermögen seinen Ruf zu hören. Er schadet nicht jenen, die von seiner Art sind, so wie ihr beiden. Du wirst in ihn eindringen und seinem Herzen das eigene Blut darbringen, während ich das Drachenlied spiele, als Antwort auf seine Klagegesänge. Und der Lindwurm wird zu neuem Leben erwachen, geschwächt zwar, aber mächtiger als jede Kreatur diesseits und jenseits des Stroms.« Ein schwarzes Lodern zuckte in seinen Augen. »Er wird wissen, wem er Dankbarkeit und Demut schuldet.«

Geist fragte sich, was aus Mütterchen, Löwenzahn und dem Ritter geworden war. Sie hatten ihre Hilfeschreie nicht gehört. Oder *wollten* sie sie nicht hören? Das Klirren aufeinanderschmetternder Klingen dröhnte über den Kadaver hinweg an ihr Ohr. Löwenzahn schien den Gegnern immer noch standzuhalten.

»Du wirst es tun!« sagte der Geweihte noch einmal. Wieder schien es, als bewegten sich die Schatten der Geweihmaske über sein Gesicht. Was immer an Menschlichem noch in ihm war, es hatte den Widerstand gegen den Zauber längst aufgegeben. Geist fragte sich, ob ein Großteil dieses Zaubers nicht schlichter Wahnsinn war, von uralten Mächten verdreht und verrenkt, bis er den Anschein von etwas Magischem hatte.

Als er seinen Griff um ihre Oberarme lockerte, da war ihr, als weiche ein Gespenst aus ihrem Denken, ein Hauch von Kälte, der alle ihre Sinne erbeben ließ. An seine Stelle trat wieder die Melodie, die Qual des Drachen, die sich mehr und mehr auf sie selbst übertrug. Sie mußte es beenden, mußte ihm geben, was er verlangte, damit die Pein dieses Wesens vorüberging.

Sie nickte dem Geweihten zu, mit der Selbstverständlichkeit eines Traumes. Ja, sie würde in den Drachen eindringen. Und sie würde tun, was nötig war, seinen Leib mit neuem Leben zu befruchten.

Er war ihresgleichen, sie war wie er. Sie spürte diese Verwandtschaft mit jedem Augenblick deutlicher, und sie erfüllte sie mit heißem Glück.

Geist akzeptierte ihr eigenes Wesen gemeinsam mit dem seinen, sie wußte, wer sie war.

Endlich war sie bereit.

Für den Drachen, für sich selbst.

Kreischend brach der erste Balken aus seiner Verankerung. Alberich trat und stampfte, bis das Drachenblut über seinen Kopf hinaus spritzte, sprang voller Wut umher, bis abzusehen war, daß die gesamte wacklige Konstruktion in den nächsten Augenblicken aus der

Wand splittern würde. Da stieß er sich mit beiden Füßen ab, bekam den Rand der Stollenöffnung zu fassen und zog sich mit letzter Kraft nach oben. Unter ihm gaben die Stützbalken nach, Seile rissen, und Nägel wurden aus dem Holz gezerrt. Einen Augenblick lang sah es aus, als wollte sich das ganze Becken zusammenfalten wie ein Stück Pergament, dann ertönte ein Knirschen, und das sperrige Gebilde stürzte taumelnd in die Tiefe. Immer wieder prallten seine Ecken unter Getöse an die Felswand, weitere Bretter lösten sich, und eine dunkelrote Blutfontäne ergoß sich in den Abgrund. Als das Becken auf dem Fluß zerschellte, breitete sich rundherum ein Strudel aus rotem Schaum aus, der eilig von den Wogen davongetragen wurde. Innerhalb weniger Herzschläge waren nur noch ein paar Latten zu sehen, die wie Spuren eines Schiffsuntergangs nach Norden trieben, schwarzes, splittriges Treibholz.

Alberich kauerte im Eingang des Stollens und blickte den Trümmern mit wilder Befriedigung nach. Der Geweihte und seine Männer würden das Drachenblut nicht mehr mißbrauchen. Die Melodie in seinem Schädel setzte einen Moment lang aus, kehrte aber wieder, als er durch den Stollen ins Innere der Felswand blickte. Es war noch nicht vorüber.

Erst allmählich dämmerte ihm die Ausweglosigkeit seiner Lage. Der Stollen mußte im leeren Hohlraum des Blutsees enden, unterhalb der oberen, versteinerten Schichten. Von dort aus gab es keinen Ausgang. Oben an der Kante wiederum lauerten die Krieger des

Geweihten, und er sah bereits bildhaft vor sich, wonach ihnen der Sinn stehen würde, wenn sie ihn in die Finger bekämen.

Eines aber stimmte ihn nachdenklich. Eine ganze Weile schon war kein Versuch mehr unternommen worden, ihn von seinem Zerstörungswerk abzuhalten. Keine Pfeile und Armbrustbolzen mehr, keine weiteren Männer, die abgeseilt wurden. Der Tote baumelte noch immer auf Höhe des Stollens im Wind, sein zertrümmertes Gesicht war Alberich anklagend zugewandt. Niemand schien es für nötig zu halten, ihn abzuschneiden oder hochzuziehen.

Reichte dem Geweihten ein einziger Eimer mit Drachenblut? Seine Männer zumindest würden sich kaum damit zufriedengeben.

Ein eiskalter Wind peitschte um die Klippe. Der zugige Stolleneingang wurde von tückischen Böen heimgesucht, die Alberich fast in den Abgrund rissen. Gerade wollte er sich tiefer in den Gang zurückziehen, als er einer Bewegung am oberen Felsrand gewahr wurde.

Ein hageres Gesicht schob sich über die Kante. Der Mann hatte nur ein Auge. Ein Windstoß trieb einen Kranz aus Rabenfedern um seinen Hinterkopf; es sah aus wie ein schwarzer Heiligenschein.

Alberich begann am ganzen Leib zu zittern, als er sich an die Gestalt aus der Sturmnacht erinnerte. An Wodan, den Herrn aller Götter. An den Rabengott.

Die Erscheinung riß den Mund auf, brüllte gegen

den tosenden Wind etwas zu ihm herunter und zog sich wieder zurück. Wenig später wurde eine Seilschlaufe herabgelassen, abermals beschwert mit einem Stein. Alberich bekam sie zu fassen, fragte sich verzweifelt, auf was er sich da einließ, und schlang sich den Strick um den Leib. Er zog und zerrte, bis die Schlaufe fest um seine Brust und Achseln lag.

Dann stieß er sich mit geschlossenen Augen von der Felswand ab und raste hinaus in den Abgrund.

Das blutrote Licht des Morgens verblaßte, als das Moosfräulein den ersten Schritt ins Innere des Drachen tat. Fremde Gerüche umwogten sie. Ihre Haut verfärbte sich unkontrolliert in rasender Folge, mal braun, mal grün, mal schwarz, dann wieder alle Farben zugleich, ohne daß sie selbst einen Einfluß darauf hatte. Rote Muster zuckten über ihre Glieder, vermischt mit Gelb und Blau und Weiß – Farben, die ihr früher fremd gewesen waren. Seltsame Linien und Zeichen erschienen, manche wie Runen, andere wie die Kritzelei eines Kindes. Etwas geschah mit ihr, mit ihrem Körper, und schließlich begriff sie, was es war.

Sie erblühte.

Die gelben und roten Schlieren und Punkte waren wie Knospen auf ihrem Leib, als sei der Weg des Heranreifens abgeschlossen und zeige nun stolz seine Früchte.

Ein seltsames Gefühl ergriff von ihr Besitz. Zum ersten Mal glaubte sie sich selbst als vollendetes Wesen zu begreifen, nicht als Anschein von etwas, das sie nicht war. Nicht als Mensch, der sich durch Krankheit von allen übrigen unterschied und sich schamvoll vor ihnen versteckte, sondern als ein Geschöpf aus gestaltgewordenem Zauber. Sie wollte nie wieder etwas anderes sein.

Blind tastete sich das blühende Moosfräulein durch den Tunnel im Leib des Drachen, fühlte mit der einen Hand über Wände aus versteinerten Muskeln und Eingeweiden, hielt mit der anderen den Eimer voller Blut. Von weit, weit hinten rief ihr der Geweihte etwas zu, doch es war längst unwichtig geworden. Seine Worte, seine Gesten – ohne Bedeutung. Alles, was zählte, war ihre Dankbarkeit, ihre Ehrfurcht vor dem Drachen für das, was er ihr schenkte. Er *hatte* es verdient, zu leben; und es war nur recht, daß sie diejenige war, die seine Auferstehung vollbrachte. Ein Akt des gegenseitigen Gebens stand kurz vor der Vollendung.

Der Drache war eine Kreatur wie sie selbst, der schwindende Schatten eines vergangenen Zeitalters. Vielleicht war es ja das, was ihnen allen bevorstand, ihr selbst, Alberich und dem Geweihten: das Verblassen im Morgengrauen einer neuen Zeit. Sie waren die letzten Rätsel einer Nacht, in der Geheimnis und Dunkel regiert hatten, und die Dämmerung drohte sie ein für allemal zu vertreiben.

Der Tunnel erstreckte sich länger und länger,

schlängelte sich um blasigen Hüllen, die zu Stein erstarrte Organe sein mochten, kalt wie Kuppeln aus Eis. Geist hatte das Gefühl, sich längst nicht mehr im Inneren des Drachen zu befinden, denn obgleich er groß und massig war, so war dieser Stollen doch viel zu lang, um in dem Kadaver Platz zu finden. Die Rippensäulen am Eingang waren ein Tor zum gestaltgewordenen Dilemma ihrer Art. Geists Eintreten in den Leichnam war gleichzeitig ihr Einlaß in eine andere Welt. Sie tastete sich nicht durch den Drachen, sondern durch das, für was er stand, und in seinem Zentrum lag das Herz seiner Magie, das nur von einer wie ihr aus seiner Starre erweckt werden konnte.

Sie spürte, daß ihr Ziel nicht mehr fern war, irgendwo vor ihr in der Schwärze. Die Finsternis erfüllte sie mit einem Gefühl von Vertrautheit, denn es war die Finsternis des Mutterleibs, der sie geboren, nein, geschaffen hatte.

Und dann lag das Herz vor ihr, ohne Form, ohne Körper, nur Erinnerung und Wärme. Geist versprühte das Drachenblut in die Dunkelheit, längst in der Gewißheit, daß es ein leerer, bedeutungsloser Akt war. War es nicht vielmehr ihre Anwesenheit, die den Zauber zu neuem Leben erweckte? Wieder dachte sie an den Vorgang der Befruchtung, und sie verstand, daß alles, was sie tat, damit im Einklang stand. Der Geweihte hatte nichts begriffen. Instinktiv hatte er bestimmte Dinge erkannt, etwa den Eintritt in den Drachen und was er verursachen würde, doch seine

Mittel waren sinnlos. Das Blut, die Hörner – sie waren nur Wegweiser wie das Drachenlied selbst, die Melodie, die sie hierhergeführt hatte. Am Ende aber waren sie unwichtig.

Vor ihren Augen löste sich auch das letzte Rätsel, das sie mehr als alle anderen beschäftigt hatte: Warum hatte der Drache dem Xantener, nachdem dieser ihn doch erschlagen hatte, das Geschenk der Unverwundbarkeit gemacht? Die Frage hatte ihr während der ganzen Reise keine Ruhe gelassen. Jetzt aber stand ihr die Antwort so klar und deutlich vor Augen, daß es ihr wie ein Wunder erschien, daß sie sie nicht vorher erkannt hatte: Sogar der Tod des Drachen war nur eine Stufe auf dem Weg. Denn nicht der Lindwurm war es, der die Fäden der Ereignisse zog. Es war der Zauber selbst, die Magie, die im Gefängnis des uralten Drachen geschlummert hatte und nach einem neuen, frischen Körper verlangte.

Jemand mußte kommen und sie zu neuer Blüte bringen. Es war eine Befruchtung, im einfachsten, natürlichen Sinne. Die Magie war eine Blume, die nach langem Winter zu neuer Pracht gedeihen wollte. Alles, was es brauchte, war die Biene, die den Samen in ihre Herz trug.

Vielleicht hätte der Geweihte selbst es vollbringen können, mit Sicherheit aber Alberich. Doch Geist war glücklich, daß die Wahl auf sie gefallen war.

Und nun war sie hier. Im Mittelpunkt dessen, wo alles begonnen hatte und von neuem beginnen würde.

Um sie herum erstrahlte die Dunkelheit in neuem Leben, Farben schlugen wie Meereswogen empor. Die Magie, so lange im Leib des greisen Drachen gefangen, war erwacht und gedieh mit der Macht des jungen Frühlings.

Es begann, als Alberich und Hagen gemeinsam zum Drachen eilten. Wie ein Spinnennetz rasten Risse über die Schuppenhaut, schwarze Blitze, vielfach verästelt.

Alberich sah, wie der Geweihte mit einem Horn in der Hand zurücktaumelte, bevor er noch die Zeit fand, hineinzustoßen. Der Drachenzahn entglitt seiner Hand und fiel achtlos zu Boden.

Jene Drachenkrieger, die nicht Löwenzahns Hieben oder Mütterchens Pfeilen zum Opfer gefallen waren, stolperten verwirrt auseinander, die Blicke gebannt auf den Kadaver gerichtet. Löwenzahn erschlug sie der Reihe nach, ohne Gnade und ohne zu begreifen, was vor sich ging. Dann erst folgte er ihren letzten Blicken und erstarrte.

Mütterchen taumelte aus dem Unterholz des Waldes und ließ Hagens Bogen fallen. Sie zog den schwarzen Köcher vom Rücken und schleuderte ihn beiseite; die letzten Pfeile wurden über die Heide verstreut. Mit offenem Mund kam sie näher, unfähig ihren Blick vom Leichnam des Untiers zu wenden.

Hagen blieb schlagartig stehen, das verwundete Bein drohte einzuknicken. Sein schwarzer Handschuh spannte sich über den Fingerknöcheln, als seine Faust sich immer fester um den Schwertgriff krallte. Sein einzelnes Auge weitete sich.

Alberich lief einige Schritte weiter als der Ritter. Er mußte aus der Nähe sehen, was geschah. Ihm war, als sei nicht er ein Teil der Ereignisse, sondern vielmehr das Ereignis ein Teil von ihm selbst. Tief in sich spürte er, wie sich etwas regte, veränderte.

Die Steinkruste des Drachen zersplitterte.

»Er erwacht!« schrie Löwenzahn.

Doch Alberich dachte: Nein, nicht er, nicht der Drache. Etwas anderes stieg aus todesähnlichem Schlaf empor, aber es war nichts Schlechtes, nichts Böses.

Es ist wie ich, durchfuhr es den Zwerg.

Um sie herum begann die Heide zu blühen, in Rosa, Weiß und Lila.

Der Drache zerbarst in einer Eruption aus Staub und Gestein. Eine graue Wolke legte sich über die Klippe, und winzige Teilchen rieselten wie Asche eines Scheiterhaufens vom Himmel herab.

Und dort, wo eben noch der Drache gelegen hatte, in einem kargen Trümmerfeld wie Lavagestein, kauerte Geist mit angezogenen Knien, fest zusammengerollt und nackt wie ein Neugeborenes. Ihre Haut war rosa, weiß und lila, ein farbenprächtiges Abbild der Heide. Das Moosfräulein regte sich, streckte sich und schaute sich mit zusammengekniffenen Augen um.

Alberich rappelte sich von der Stelle auf, an die ihn der Druck der Eruption gestoßen hatte. So schnell ihn seine Beine trugen, rannte er auf das Mädchen zu.

Aus den grauen Wogen der Staubwolke brach eine weitere Gestalt hervor. Der Geweihte hatte das Drachenhorn mit beiden Händen gepackt, hielt es mit der Spitze nach unten über den Kopf. Schreiend schleppte er sich auf das Moosfräulein zu, um es mit dem Horn zu durchbohren.

Ein schwarzer Wirbel fuhr neben Alberich durch den Dunst, schoß an ihm vorüber auf den Geweihten zu. Stahl schimmerte blaß durch Aschewolken.

Es gab keinen Endkampf.

Hagen holte noch im Humpeln aus, traf auf den Geweihten, bevor der seinerseits das Mädchen erreichen konnte. Die Klinge wirbelte in weitem Bogen herum, brach durch die Hornrüstung wie durch morsches Geäst und schlug dem Geweihten den Kopf von den Schultern. Sein Torso wurde von der Wucht herumgestoßen, wirbelte zuckend zu Boden. Hagen brach neben ihm in die Knie.

Alberich und Mütterchen trafen gleichzeitig bei dem Moosfräulein ein, nahmen es sanft bei den Armen und führten es aus dem Trümmerfeld. Seine Farben flimmerten und flirrten, kamen erst zur Ruhe, als seine Füße die Heide berührten.

»Es ist vorbei«, sagte Mütterchen leise.

Geist sah aus, als wollte sie widersprechen, doch dann senkte sie nur ihren Blick und schwieg.

Als der Staub sich legte, ließen sie die Heide hinter sich. Ihr Weg führte sie entlang der Felskante nach Süden. Mütterchen ging neben Löwenzahn. An einer Hand führte sie das Pony. Sie hatte das Gesicht des Riesen dick mit Salbe und Kräutern bestrichen. Es sah aus, als sei ihm ein neuer Bart aus Unkraut gewachsen. Er klagte nicht über Schmerzen, obgleich sie doch alle wußten, wie weh seine Brandwunden tun mußten. Sie waren stolz auf ihn, und da war keiner, der es ihm nicht mehrfach versichert hatte.

»Sie werden Lieder über deine Heldentat singen«, sagte Mütterchen, und unter der Salbe verzog sich Löwenzahns Mund zu einem glücklichen Grinsen.

Alberich und Geist gingen schweigend, als dem Zwerg etwas einfiel. Er griff unter sein schmutziges Wams und zog ein Knäul aus Binden und Tüchern hervor.

»Das gehört dir«, sagte er und reichte es dem Mädchen.

Das Moosfräulein zögerte einen Augenblick, dann nahm sie die Verbände widerstrebend entgegen. Als sie sie vor ihren schillernden Körper hielt, vor das Bunt des Frühlings auf ihrer Haut, da wirkten die Stoffe ungleich grauer und häßlicher.

Wortlos trat sie an den Rand der Felswand und warf die Verbände in den Abgrund. Flatternd schwebten sie in die Tiefe, wurden von Böen hin- und hergeschüttelt, von Aufwinden wieder empor getragen, um dann schließlich doch noch unten im Rhein zu landen. Eine Weile tanzten sie auf der Oberfläche, dann riß der Sog sie davon.

Die vier Gefährten standen am Abhang, blickten stumm auf den Fluß, und jeder hing stillen Gedanken nach, als Mütterchen plötzlich rief:

»Seht nur, der Ritter!« Ihre Hand deutete zurück zur Heide, hoch oben auf der Klippe.

Hagen von Tronje stand an der Felsenkante, ein dräuender schwarzer Scherenschnitt, gestützt auf eine Krükke. Neben ihm erkannten sie den Pferdekarren. Die Hinterräder standen unweit des Abgrunds. Darüber funkelte und glitzerte es. Das Gold auf der Ladefläche war nicht mehr mit Erde bedeckt, es war um ein Vielfaches höher als zuvor. Hagen mußte den restlichen Schatz aus der Drachenhöhle aufgeladen haben.

Jetzt wandte der Ritter sich dem Karren zu, doch statt auf den Bock zu steigen und die Pferde voranzutreiben, löste er eine Klappe an der Rückseite. Das Holz kippte nach unten, und von der Ladefläche sanken Gold und Edelsteine, eine gleißende Flut, die sich an der Felswand hinunter in die Wogen des Rheins ergoß.

»Er ist wahnsinnig!« rief Mütterchen aufgebracht und wollte schon den Weg zurücklaufen, doch Alberich hielt sie zurück.

»Laß ihn.« Er wunderte sich ebenso wie die anderen, doch er ahnte auch, daß die grimmige Maskerade des Ritters ein tieferes Geheimnis barg.

»Er versenkt all das schöne Gold im Rhein«, jammerte Mütterchen; es war die Räuberin, die aus ihr sprach.

Löwenzahn deutete lächelnd auf zwei Säcke, die er auf dem Rücken des Ponys befestigt hatte. »Nicht alles.«

»Aber ...«, wollte Mütterchen widersprechen, doch ihr Ringen nach Worten blieb vergeblich. Der Anblick verschlug ihr schlichtweg die Sprache.

Alberich grinste verhalten und ging voraus, den Weg hinab nach Süden. »Laßt ihn in Ruhe«, sagte er noch einmal, und Geist sprang frohgemut an seine Seite. »Er ist Hagen von Tronje, und er allein kennt seine Gründe.«

Als sich auch die anderen abgewandt hatten, erschien ein Schatten auf der Wasseroberfläche und schob sich träge auf die Klippe zu, dorthin, wo das Gold versank.

Keiner von ihnen bemerkte es.

Vielleicht war es nur eine Wolke, die sich auf den Wellen spiegelte.

Epilog

Beim traditionellen Fußnägelrauchen schnitt Alberich sich in den Zeh. Ein Blutstropfen quoll hervor, und einen Moment lang verzog er gequält das Gesicht.

Soviel zur Unverwundbarkeit, dachte er schmerzlich; doch die alte Enttäuschung war längst verklungen. Bemüht, sich sein Mißgeschick nicht anmerken zu lassen, schälte er sich ein Stück vom Nagel und stopfte es in die Pfeife, die von Hand zu Hand durch den *Wolfs-*

winkel gereicht wurde. Frohes Gegröle wurde laut, als sie den letzten in der Reihe erreichte. Sodann wurde die Pfeife entzündet, und dem Bemitleidenswerten übergeben, der sich freiwillig gemeldet hatte.

Alberich wartete nicht ab, wie der Pfeifenstreit ausging. Er schob seinen Fuß zurück in den Stiefel und trat zur Tür hinaus ins Abenddunkel. Nach dem Gestank aus der glimmenden Pfeife war die kühle Nachtluft eine Wohltat. Er lehnte sich an die Hauswand, verdrängte den Lärm aus der Schänke und wandte den Blick hinauf zum Sternenhimmel. Es war eine schöne Nacht. Er fragte sich, ob Menschen sich bei diesem Anblick genauso klein wie Zwerge fühlten.

Damals hatte Geist ihm berichtet, was ihr widerfahren war, und er teilte ihre Ansichten. Der Drache war nur eine Hülle gewesen, ein Körper für das, was tatsächlich in ihm schlummerte: eine Magie, so mächtig, daß sie den Kräften der Götter nahekam. Für die Magie aber war der Drache längst zum Kerker geworden, alt und träge und von allen gehaßt, und es dürstete sie nach einem Neubeginn. So hatte sie sich Wesen herbeigerufen, deren Natur es gestattete, ihr als neue Träger zu dienen; Wesen, die ihre Macht in ein neues Zeitalter, zu neuer Blüte zu führen vermochten. Geist, das zierliche, unschuldige Moosfräulein, war eine gute Wahl gewesen, viel besser als Alberich selbst. Was hätte er auch mit solchen Kräften anfangen sollen? Er war ein Zwerg, ein Krieger, und der Hauch von Zauberei, den er selbst in sich trug, genügte ihm vollkommen.

Liebe Güte, die Magie eines Drachen! Nur ein so unbeschwertes Wesen wie Geist vermochte solche Macht zu bändigen, ohne daran zu verzweifeln.

Siegfried von Xanten war nur ein winziges Glied in der Kette gewesen. Ohne es zu wissen, hatte er etwas viel Größeres in Gang gesetzt, als er den Drachen erschlug. Als Dank dafür war ihm die Panzerhaut zueigen geworden; ob sie ihm Glück oder Unglück brachte, mußte sich erst noch erweisen.

Der Geweihte schließlich hatte geglaubt, er habe die Vorgänge durchschaut. Ja, er hatte gedacht, er könne selbst Einfluß darauf nehmen. Dabei war auch er nur ein Werkzeug gewesen. Er hatte davon geträumt, den Drachen zum Leben zu erwecken und in seine Gewalt zu bringen. Wäre er nur ein wenig mutiger gewesen und selbst in den Leib des Lindwurms gestiegen, vielleicht hätte sich die Macht des Zaubers dann auf ihn übertragen. Doch als er Geist den Vortritt ließ, hatte er seinen eigenen Niedergang verursacht. Nicht der Drache war erwacht, sondern seine magische Essenz. Und nun war es Geist, die sie beherbergte.

Die Tür des Wirtshauses wurde aufgezogen. Kerzenlicht und Rauch drangen hinaus auf den Waldweg. Mütterchen trat ins Freie und hustete lautstark.

»Sag bloß, du hast es versucht?« fragte Alberich.

Sie schüttelte den Kopf und mußte abermals husten. »Ich hab' nur ein Stück Ei im Hals.« Sie atmete tief durch, es klang wie ein Blasebalg am Kaminfeuer. »Gehen wir zurück zum Berg. Löwenzahn ist ungeduldig. Er wird noch seinen Posten am Tor verlassen, um uns zu suchen.«

»Geist wird ihn schon beruhigen. Beim letzten Mal erschien eine Rosenblüte in ihrem Gesicht, als er wütend wurde.« Alberich kicherte krächzend. »Ich glaube, unser Riese ist verliebt.«

Mütterchen rümpfte die Nase und streckte den Kopf zurück in den Schankraum. »Obbo!« brüllte sie, um den Lärm der Feier zu übertönen. »Bring uns zwei große Krüge Bier!«

Wenig später erschien der Wirt und drückte jedem einen schäumenden Humpen in die Hand. »Ihr geht schon?«

Die greise Räuberin nahm einen Schluck und nickte; dabei tauchte sie versehentlich ihr halbes Gesicht in den Schaum. Sie spuckte und schnaubte. »Wir können nicht immer soviel Glück haben wie bei der letzten Bande, die am Berg aufgetaucht ist.«

»Löwenzahns Bart wächst nicht mehr so gut wie früher«, pflichtete Alberich bei.

Obbo lächelte verständnisvoll und verschränkte die Hände über seinem Kugelbauch. Sein Blick wanderte hinauf zu den Sternen. »Schöne Nacht, was?«

»Gab schon schönere«, erwiderte Alberich mißmutig.

Mütterchen grinste. »Obbo, ich glaube, da drinnen hat jemand deinen Namen gerufen.«

Der Wirt seufzte in gespielter Schwermut. »Manchmal denke ich, das ist das einzige Wort, das sie kennen.« Damit drehte er sich um und eilte zurück in den Schankraum. Hinter ihm fiel die Tür zu.

Mütterchen und Alberich blickten auf ihre Krüge, dann zur geschlossenen Wirtshaustür. Einen Augenblick später stahlen sich beide wie auf ein geheimes Zeichen davon. Nach einigen Schritten stimmten sie das Lied vom Räuber Rohland an. Mütterchen legte eine Hand auf Alberichs Schulter, und so gingen sie und schwenkten vergnügt die gestohlenen Krüge, bis der Schatten des Berges sie verschluckte.

ENDE

Die Nibelungen

Die große Saga »Die Nibelungen« ist keine Nacherzählung des weltberühmten Nibelungenliedes. Jeder Roman erzählt eine neue, aufregende Geschichte um einen Helden des Epos. Gleichwohl lassen sich die Romane in die Chronologie des Liedes einordnen.

Chronologie

- **Die Flammenfrau**
- **Der Rabengott**
- Hagen kommt nach Worms und beginnt seinen Aufstieg zum Berater.
- **Das Runenschwert**
- Siegfried tötet Nibelung und Schilbung. Er stiehlt Alberich die Tarnkappe.
- **Der Feuerstern**
- Siegfried erschlägt den Drachen.
- **Das Drachenlied**
- König Dankrat von Burgund stirbt. Gunther besteigt den Thron.
- **Das Nachtvolk**
- Siegfried kommt nach Worms.
- Die Helden reisen nach Island und kämpfen um Brunhilds Hand.
- Siegfried heiratet Kriemhild, Gunther vermählt sich mit Brunhild.
- Hagen tötet Siegfried und versenkt den Nibelungenhort im Rhein.
- Kriemhild heiratet den Hunnenkönig Etzel.
- Die Burgunden folgen Kriemhilds Einladung zur Hunnenburg.
- Kriemhild läßt die Burgunden von den Hunnen ermorden.